农情丝语

庄义湘 著

中国农业出版社
农村读物出版社
北　京

图书在版编目（CIP）数据

农情丝语 / 庄义湘著．—北京：中国农业出版社，2024.6

ISBN 978-7-109-31839-7

Ⅰ．①农…　Ⅱ．①庄…　Ⅲ．①散文集－中国－当代
Ⅳ．①I267

中国国家版本馆 CIP 数据核字（2024）第 059561 号

中国农业出版社出版
地址：北京市朝阳区麦子店街 18 号楼
邮编：100125
责任编辑：张　丽
版式设计：杨　婧　　责任校对：张雯婷
印刷：中农印务有限公司
版次：2024 年 6 月第 1 版
印次：2024 年 6 月北京第 1 次印刷
发行：新华书店北京发行所
开本：880mm×1230mm　1/32
印张：6.25
字数：156 千字
定价：58.00 元

序

点赞现代化征途的恋农情结

读完由耕种者写作的文集《农情丝语》，百感交集，一时难以言表。直到铺开纸张，凝神思考，一笔一画写下现在的题目。

是的，该文集展现了作者庄义湘同志深沉的恋农情结。他有以辛勤加节俭加智慧积攒出24亩耕地的祖父、做了几十年农村会计的父亲，和温暖的农家；孩提时期经历了三年灾害时期食品严重短缺的困苦，参与过土地上的耕作与收获；跳出农门当兵16年后，转业到地方曾任《宝应日报》总编辑，却在初心驱使下义无反顾办起了家庭农场，并把其间的酸甜苦辣与促进“三农”向好的思考认真地记录了下来。他把植根心中的恋农情结化作实际行动的决心和毅力，值得钦佩；文章中洋溢着对当地农业农村发展的挚爱，乃至对国家“三农”事业的关爱之情，令人感动。

在我们国家向着第二个百年目标迈进的现代化征途上，这样的恋农情结值得点赞。

一

在全面推进乡村振兴、建设农业强国的新时代，需要这样的恋农情结。

遥想新中国成立之初，从姓“社”姓“资”之争，到确立以解放和发展生产力为核心的发展格局；从曾经“赶英超美”的冲动式发展，到确立国家将长时期处于社会主义初级阶段的清醒认知与实践，党和国家对于如何走社会主义现代化道路进行了艰辛而曲折的探索。

本书首篇文章《一碗粥》讲述的就是这一时期的艰辛和曲折。作者自幼在爷爷陪伴下长大，终生难忘20世纪50年代最后一个冬天里，爷爷让给他吃的一碗粥。爷爷幼时“吃7天粥才（能）吃一顿干饭”；为过更好的生活，未成年就开始抓罱篙罱河泥，勤劳不辍，使家里在新中国成立之初有了20多亩地、村里最好的四合院、5吨的木船和半头耕牛。新中国成立后，爷爷带着被确定为上中农成分的全家加入到社会主义合作化运动中。可惜，到1959年冬天，生产队食堂关闭；家里吃的菜粥里，米粒越来越少，爷爷因得了浮肿病被收容救济。有一天黄昏，爷爷请假回家，带回的搪瓷缸子里装着他省下的半缸子粥，那是明显因沤得时间长而米粒发白的“半干半湿的粥”。可是，这米粒在作者记忆中“好看极了”，当时“顾不得拿筷子，更顾不得丢下书包，捧起搪瓷缸子，仰起脖子就往嘴里倒……”

此情此景，没有深度体会过饥饿的人，是难以想象的，体现出前辈农民为支持国家工业化城镇化发展和探索社会主义道路所承受的艰辛、委屈乃至做出的牺牲。作者经历了当初的艰难，记住了粮食对个人、家庭和国家的极端重要性，在心底产生了“能为人类多生产一粒粮食，生命就会多一份光彩”的夙愿，且在漫漫职业生涯中始终未泯，以致三次递交辞职报告，最后在52岁的年纪毅然从城里舒适岗位退出，开启了16年百亩以上土地的家庭农场经营。这样的恋农情结，眷恋着一段难忘岁月的相濡以沫，深藏着一份征服困难的豪情壮志，体现着一种行胜于言的果敢坚定！

这样的恋农情结，符合习近平总书记倡导的“懂农业、爱农村、爱农民”，是全面实施乡村振兴所需要的。

二

广大的农村，欢迎更多有恋农情结的后生。

通读庄义湘同志的《农情丝语》，可以了解到江苏省腹地农村一个普通农家几代人的土地情结、文化情怀、家国担当，以及一个典型自然村农业的变革、村容的变化、人口的变迁，并能从中清晰地管窥到新中国成立以来，特别是改革开放以来全国“三农”发展的路径与成就。

庄义湘的恋农情结，表现为游子对乡土的热爱，正是乡亲们期望的。他出外当兵、从政30余年，生活、工作条件优渥，见多识广，却不仅不嫌弃老家的小南庄，还与众多离乡而去的年轻人相向而行，回乡务农；回家乡之后，对老屋、村头的路、村里的桥、河边旧猪圈、老家的金针菜等还充满了怀旧和喜爱之情。这让仍然在村里生活的农民们如何不欢迎呢？

庄义湘的恋农情结，体现在为家乡而修为的知识储备，这也正是乡亲们所需要的。作为农家子弟，他本就具有务农的本领，却并不满足于此。1990年9月，他通过自修大专课程考试，拿到了中央农业广播电视学校的农学专业毕业证。与一些人只注重文凭不同，他相当看重“农学”，而且始终想着学有所用。办起农场后，他不仅用所学知识做好种养的活儿，还与乡亲们分享自己的经验与感受；不仅自己仔细积累农事经验，还虚心向张宗广等大有学问的农民师傅学习请教。这让仍然在村里耕作的农民们怎能不欢迎呢？

庄义湘的恋农情结，还在于为农业、农村和农民的所应秉持的意义而大声疾呼，正是乡亲们想做而难以做到的。他认为，中国人的饭碗要端在中国人手里，这是国家天大的事：生产力发展后，再一家一户单独种田显然不行，发展小农场势在必行。办起农场后，他逐步了解到，很多人误认为“搞农场种田没有多少技术含量”，结果不少工商资本投向农业后打了水漂。于是，他写出《不懂化学难种田》《种麦得学栽培学》《熟悉秉性长好稻》《办“露天工厂”须懂天》《网络是最好的“种田师傅”》等文章呼吁科学种田。他还写出《可喜的得而复“失”》《平衡木上你能得几分?》《村官的憋屈》等农民视角的文章。这些文章有不少在报纸或网络发布，产生了较好的社会影响。这让在村或离村的农民们怎能不欢迎呢?

可叹的是，一代一代土地情怀深、恋农情结重的农民终将老去。正当年的后来者，在不仅要保障粮食安全，更要建设农业强国、实现全面乡村振兴的新时代，在多大程度上能够承继这样的情怀与情结，向历史和人民交出合格的答卷?在相当长的时期内，都将是一个值得注意的时代之问。

三

传承优秀传统文化，需要这样的恋农情结。

习近平总书记在2020年底召开的中央农村工作会议上指出，我们要坚持用大历史观来看待农业、农村、农民问题，只有深刻理解了“三农”问题，才能更好理解我们这个党、这个国家、这个民族。必须看到，全面建设社会主义现代化国家，实现中华民族伟大复兴，最艰巨最繁重的任务依然在农村，最广泛最深厚的基础依然在农村。

庄义湘同志用躬耕田地的经历阐发的恋农情结，以及用心写作的《农情丝语》，可以说是习近平总书记上述重要讲话的基层注脚。比如，该书第二辑“学海无涯”，主旨是用作者的亲身经历来说明一个道理：种田有大学问，种田大有学问！没有科学的世界观和方法论，没有开阔的胸襟和与新时代对接的现代理念，仅凭小农经济思维，是难以办好农场的。第三辑“精神草堂”、第四辑“乡野智慧”，通过自己以及身边人身边事，阐述了作者对农村精神文明建设的美好憧憬。

孔子说，“禹稷躬稼而有天下”（《论语·宪问》）。费孝通在《乡土中国》里开宗明义指出：“从基层上看去，中国社会是乡土性的。”我国在传统上是农业大国，五千年中华文明史几乎就是一部农耕史。农村是我国五千年灿烂文化的重要发源地，是目前接近一半国民的生活空间，是几乎所有国民的精神家园。

中国共产党成立百余年来，以及新中国成立70多年来的历史证明，每当摆正农业农村的应有地位，重视农民的利益，充分发挥农民积极性的时期，党和国家的事业就能够兴旺发达；反之，党和国家的事业就处于发展低潮或走弯路的时期。

汲取其中正反两方面的经验教训，党的十八大以来，我国“三农”发展形势向好，在促进全局发展中的基础作用得到加强：一系列有力的战略战术举措出台，确保全面小康社会建设扎扎实实取得胜利，开启全面实施乡村振兴战略实现第二个百年目标的新征程。

这样的新征程，需要无数像庄义湘同志一样有恋农情结的志士，去踏踏实实地奋斗。

曾经守卫过祖国疆土的庄义湘同志，在职业生涯的后半段选择深耕家乡的土地。这让我想起诗人艾青的诗句：“为什么我的眼里常含眼水？因为我对这土地爱得深沉。”

这本文集凝结着作者对乡土和乡亲深沉的爱，不仅具有独特的史料价值，而且蕴含着丰富的人生智慧，必将使读者从中获得启迪、汲取力量。

作为文字工作者，赶上互联网时代，我已换笔20多年，很少用笔来写作了。谨以这篇笔耕而出的文章，表达对庄义湘同志不平凡成就的敬意。

是为序。

农民日报社高级编辑、评论部原主任

徐恒杰

2023年3月于北京

目录

—第二辑　学海无涯—

—第三辑　精神草堂—

—第四辑　乡野智慧—

第一辑 情深意笃

好不容易跳出农门，却又自学了农学专业；端着『铁饭碗』衣食无忧，偏偏主动辞职，自办农场种田。前后35年，痴心未改，就是因为怀揣着对农业深深的爱。我爱这里的负氧离子，我爱这里的男耕女织，我爱这里父子同在一个屋檐下的天伦之乐，我更爱通过双手劳作，让更多的人实现温饱，活出一份踏实感。

一 碗 粥

小时候，我跟爷爷最亲。因为 3 岁时我有了弟弟，6 岁时又有了妹妹，觉得在父母那里，我渐渐多余了，加之奶奶去世早，那个年代乡下又没有幼儿园，我便跟爷爷在一起的时间最多。

冬天，爷爷为生产队养牛，我跟他一起睡牛屋。每天深夜，爷爷都要用特制的竹片敲打床沿，让老牛出去排尿。一个冬季下来，老牛没有"尿床"一次，牛屋始终干干爽爽没有一块湿斑。我也从刚开始每天夜里被敲击声惊醒，到后来照睡不误了。

为了渡过饥荒，爷爷在村子东头大堤上偷偷开荒种起了芋头。到了秋季，晚上我跟爷爷一起看芋头，睡觉的草棚就搭在坟茔中间，吓得我只有搂着爷爷的腿才敢入睡。

我的曾祖父庄立刚，是一位手艺出众的木匠，至今家里还保存着他亲手制作的十分精致的糕正子（蒸糕的模子）。不幸的是，性格刚烈好强的曾祖父在他 27 岁那年，与人比赛给车轴凿眼太过用力，吐血过多丢了性命，留下了裹小脚的曾祖母和我的爷爷及姑奶奶，当时家里只有一亩七分地，爷爷才 6 岁。在我父亲留下的文字中，写有这样一段话："可怜的父亲 14 岁就开始抓罱篙罱河泥。家里吃 7 天粥才能吃一顿干饭，祖母和姑母为了节省粮食，先吃剩下的粥，让干重活的人多吃点干的。父亲有一件破衲袄，祖母为他千层补万层缝，重量竟然达 6 斤。"从尚未成年开始，爷爷便没有闲时，农忙时在家种地或给人家打短工，农闲时就到宜兴张渚砍山草卖钱。正是爷爷这份坚韧和耐劳，置下了一份值得我们后人自豪的家业。到他五十多岁时，我家已经有了二十多亩土地，村里最高档的四合院，主屋"四角硬"，还是防火的“泥土籽子屋面”，一条5吨的大木船和半头耕牛。也因为这些，在“土改”时期，我家被划为富裕中农。爷爷虽然一字不识，但极富远见，坚持让他的长子，也就是我的父亲，从7岁开始上学一直到19岁，成为村里当时“最有学问”的人。正因为这一条，我家虽属很容易被人排挤的单姓，但从搞“农业合作化”开始，我父亲就成为村里的总账会计，一直当了二十多年。后来又被公社调到社办厂当会计直到退休。

爷爷给我留下了许许多多美好的记忆，其中，最不能忘怀的是一碗粥。

20世纪50年代末的最后一个冬天，是我童年里最恐怖的日子。有一天，令我满心欢喜的生产队大食堂突然关闭了，从此，我们不能再到大食堂吃饭，更糟糕的是，家里开伙后我们也吃不上干饭，菜粥里的米粒还越来越少。一天早上，我去隔壁喊阿海上学，因为吃糠拉不出大便的阿海，蹲在门口撅着屁股，疼得鬼哭狼嚎，他妈妈手里拿着耳耙子，泪流满面地帮他往外掏。又一天早上，我被凄惨的哭声吵醒，河南边一位才四十出头的大爷死了。他什么病也没有，我父亲经常形容他“榔头被得住夯几下子”（用木榔头捶他几下他也吃得消，形容身体结实），可是就这样结实的人也因为连续几天没东西下肚一下断了气。更刺痛我幼小心灵的是，一天中午，在我家南山墙晒太阳的几个老人有气无力地说，眼下靠树皮、野菜续命，等这些树皮、野菜吃完以后，就要吃人了。也在一边晒太阳的我，听了以后汗毛立即竖了起来——要吃人的话，不是先吃我们小孩子吗？

就在那个冬天，爷爷因得了浮肿病瘫了下来，被“大河西”收了过去（长大后才知道，是政府为了减少死亡人口，采取的救济措施）。记不清过了多少天，一个黄昏，爷爷回来了。只见桌上放着一只搪瓷缸子。那不是家里的，家里没有。我急不可待地凑上前往搪瓷缸里看，这一看，眼睛都直了：里面盛着半缸子粥，是滤掉了米汤以后的半干半湿的粥，记不清已多少日子没见过这种没有一片菜叶子的纯白米粥了。粥明显被沤的时间太长，米粒十分苍白，两头向外岔着，快要散架的样子，可是在我的眼里好看极了。妈妈说："爷爷舍不得吃，省下来带给你们的。"我哪里顾得上拿筷子，更顾不得丢下书包，捧起搪瓷缸子，仰起脖子就往嘴里倒……

几年以后，农村依然很穷，虽然人们不会再被饿死，但饥饿依然伴随着我们。我上了初中，开始住校，每周回家一次，每次带半袋米加一瓶咸菜，再把家里劈了几天的柴卖了，拿上五角菜钱返校。在学校，每天早晚到食堂打粥，吃自带的咸菜。中午自己蒸饭，到食堂打几分钱菜汤。虽然只带了五角钱，大多数周末回家的时候，我还能剩下 6 分钱买两个烧饼，带给爷爷和弟弟妹妹。

又过了几年，我到部队当了兵，吃饭已不再是问题。然而，爷爷的那一碗粥，因为一场报告会，扎进了我心里再也不能忘记。有一天，部队请来一位学者给我们做粮食问题的报告。学者说，中国这样一个人口大国，粮食万万不能出事。中国粮食一旦出问题，谁也救不了，轻则大乱，重则亡国。因为，除了各国供应本国以外，全世界每年粮食流通量仅有一两亿吨，这个数字，就是全部供应中国，也不够中国人吃三个月。退一万步讲，即使全部给中国，运输也来不及。中国有十多亿张嘴，一天就要吃几十万吨粮，而万吨货轮去往一趟美国需要十天半月，中国有那么多装粮食的万吨货轮吗？学者的话让我不寒而栗。

一眨眼，几十年过去了。如今，我已成了爷爷，刚上幼儿园的孙子，吃饭要大人追着喂，看到《熊出没》再好的东西也不张嘴，他自然不知道饥饿是什么滋味。然而，我却时常担忧，假如再遇到我们儿时的饥饿，他能扛住吗？

如今，人类需求越来越多样，人们时常为没有名牌衣服而苦恼，为没有时间旅游而郁闷，为没有网友聊天而烦躁，这是进步的表现，无可非议。然而，在尽情享受多彩生活的时候，我依然顽固地觉得，在这个世界上，人的第一位需求是饮食，与落魄、孤独、无聊相比，最让人痛苦难耐的还要数饥饿，最让人恐怖的还要数断粮。没有食物，生命不堪一击。一家没有食物可以借，一省没有食物可以调，一国没有食物就可能亡。农业，永远是国家的基础。十几亿人口的中国，更是如此。三百六十行，永远以种田为大——这跟稻谷值不值钱无关。能为人类多生产一粒粮食，你的生命就会多一份光彩。

2012 年，我和老伴退休回到老家居住。爷爷奶奶的墓地就在抬头可见的东大堤边上，日复一日地相见，让我越发思念爷爷，越发想为爷爷做点事情。几番思考，几经商量，我们兄妹决定，重修爷爷奶奶的墓地并为他们写篇碑文。

经过翻阅父亲留下的文字和大家的共同追忆，我们兄妹又几经推敲，终于形成了 200 多字的碑文。其中，记述了爷爷奶奶置办的田产家业，写上了爷爷平日爱说的话。

考虑到爷爷的性格，我们没有将墓地进行豪华装饰，而是保留了小小土坟包的原貌。80 年、100 年后，土坟包可能变得更小，然而，坚固的碑文，经得起风吹雨打，它将永远陪伴着爷爷奶奶。想到这里，我就感到特别宽慰。

2015 年 10 月 16 日

农民的富有

我有 16 年军龄。在部队生过一场肺病，先后在合肥和南京住过院。1975 年 10 月我们营刚从安徽省巢湖被拉到位于皖东的原南京军区三界训练基地，执行开山割草盖营房的任务。我在营部当通信班长。全营五个连队分住在有石头开或者有草割的山头上，那时不通电话，营部的通知都靠我们班徒步送达。我曾在山沟里与狼狭路相逢，也曾夜晚归来滚下山坡。就在进山三个月左右的一天傍晚，我从草场担草回来，突然觉得嗓子发痒有腥气味，吐出的痰里有血丝，第二天就被送进了位于合肥的九七医院，诊断为非典型肺炎。从荒山沟来到大城市，似乎进了天堂。可是从来没有住过医院，更没有看到过那么多病人的我，却有一种被送进地狱般的痛苦。在门诊室，我亲眼看到一个年轻战士在接受检查时，刚刚躺下，一股鲜血就像水柱一样从他嘴里喷出，不几分钟时间，便吐满了一痰盂。一位比我早两年当兵的山东籍班长，看上去很硬朗的小伙子，一天晚饭后散步的时候，很凄凉地告诉我，他是尖子班长，已经是干部苗子了，当医生告诉他得的是肺结核时，他当场就哭出了声。他最大的梦想是在部队当上干部，在军营建功立业，这一病，梦想彻底破灭了。病房走廊的最里头，住着一位安徽当地大爷，头两天，我还看到他坐在轮椅里让女儿推着出来散步，第三天下午却被蒙着白布送进了太平间。还有一位团后勤处长的妻子，肺结核转移到了脑部，几乎每天深夜都会撕心裂肺地喊叫，被惊醒的我都要出一身冷汗。

这一段痛苦的经历，让我对生命的重要性有了刻骨铭心的认识，对乡村新鲜空气的热爱也越发深沉。

我无法忘记一位专家在一本书上说过的一段话。他说，现代城市，由于大量燃烧石油、煤炭，空气中充满了氮、硫、碳、磷等的氧化物，这些带正离子的污染物进入人体后，与人体红细胞周边的负电子发生中和反应，红细胞就可能粘连成一串串或一大块，直接影响血液的循环流动。而绿色植物能够产生许多有利于人体健康的负氧离子。这些负氧离子可以把空气中的一些带正离子的污染气体中和成无害之物。负氧离子进入人体后，能够刺激人体产生白细胞、抗体等免疫系统的重要组成部分，增强人体免疫功能。专家提到，国际上衡量一个地区环境的空气质量是以负氧离子的一定含量为标准。通常新鲜空气的国际标准是每立方厘米中含有1 000～1 500个负氧离子。城市居民的最佳居住环境应该为人均拥有绿地面积60米^2 以上。然而20世纪80年代前的上海曲阳新村，每立方厘米空气中只有50个负氧离子，徐家汇每立方厘米空气中的负氧离子数则为零。一个成人每天需氧量为500升左右，也就是一个成人每天要呼吸2 381升左右的空气。如果你在乡村，呼吸的是每立方厘米1 000个负氧离子的新鲜空气，那么你一天则可吸入约23亿个负氧离子。黄山的空气每立方厘米拥有2 000个负氧离子，海滨的空气每立方厘米拥有5 000个氧负离子，而原始森林每立方厘米空气中的负氧离子则高达100万个（1公顷森林一天可生产0.73吨氧气）。如果你生活在这些地方，每天吸入的负氧离子则会成倍增加。而生活在当年徐家汇的居民则一点也享受不到这个口福。正因为新鲜空气的珍贵，一到节假日，许多城里人就会千里迢迢赶往郊外，去享受一场奢侈的森林浴，也变得很好理解了。

我又不禁想起徐州市一名交警给我们部队作报告时说过的一段话。他说，在马路上执勤的交警每天要吸进大量的汽车尾气和灰尘，他们的平均寿命比正常人要短20年左右。他们做梦的时候，梦见的都是乡野清新的空气。

是啊！一个人不吃饭能存活上百个小时，不喝水能存活几十个小时，不吸氧气却只能存活几分钟。氧气，生命的第一要素。一个乡村农民与一个当年的徐家汇居民相比，他的银行存款可能会少许多，但他每天二十四小时可以免费地多吸入几十亿个负氧离子，从呼吸质量的角度来讲，难道他不是更加富有吗？

2015 年 10 月 16 日

三份辞职报告

我家祖祖辈辈都是农民。祖上是六百多年前明朝“洪武赶散”，从苏州阊门迁到苏北宝应的。我父亲读私塾到 19 岁，是个文化人，自然望子成龙，希望我读完高中后努力跳出农门。当时大学校门还未打开，农村青年就千方百计争取当兵。1970 年底，我积极报名应征，体检也全部合格。可是好中选优，我这个中农子女只被选为候补兵员第一名。1972 年底再度应征，于是我来到了部队。好不容易成为干部苗子，可关键时候掉链子，前后两次因肺病住院。直到 1978 年，得到了命运之神的眷顾，我在部队被提拔为军官。此时的国家政策规定，当了军官的士兵，今后转业国家也会给安排工作。我这才算是真正跳出了农门，全家为之欢庆。然而，梦想成真以后，让人匪夷所思的是，在此后的十多年里，我先后提交了三份要求回乡的报告，并最终变为现实。

第一份报告提交于 1988 年。当时，我由士兵被提拔为军官虽然才十年时间，但我已经一路小跑，经过排、连、营级，当上了副处长，并且以副顶正，在集团军后勤部政治处处长位置上干了三年，据说是当时我所在集团军最年轻的团职军官。熟悉我的不少战友，十分看好我在部队的前途。让大家没想到的是，1988 年初我给军党委提交了转业报告。而且，在安置意见上，我要求下乡工作。事情原委是这样的：当时我弟兄三人全部参了军，都在部队当了军官，而我的父母亲相继生了重病，却不愿离开老家，因为我是弟兄中的老大，所以我决定请求转业回乡照顾家庭。此时我才三十几岁，我想转业后应该还有我喜欢的事业。我对农业情有独钟，应该投身农业。我的转业报告得到了批准。回到家乡后，组织上尊重我的意见，将我分配到城郊乡任党委副书记。团职军官转业安置下乡，我县尚无二例。

第二份报告提交于 1994 年。当了两年乡镇党委副书记的我后被调任为县委办公室副主任，后又被调任为县委宣传部副部长。1994 年，参加省里培训班，去了一趟深圳。在南方改革大潮的感染下，我给县委提交了一份要求辞职下乡的报告。此时，我已经从中央农业广播电视学校农学专业毕业，同时，我又积累了一些农业和农村工作经验，我想把所学和经验投入到实践当中。遗憾的是，我的报告石沉大海。

第三份报告提交于 2004 年。此时的我，虽恋着我深爱的农业，但在没有得到组织允许之前，对组织上安排我的工作还是很卖力的，而且取得了不错的业绩。1996 年，我接到任务筹办《宝应日报》。县里只给了十万元，人员、房子、车子全都要自己解决。经过努力，报社办了起来，而且在第三年参加全省县市报评比，全省 60 多家报纸只有 13 家获奖的情况下，有我们最年轻的《宝应日报》，报社被县里评为文明单位。四年后，我被调任为县委办公室主任。在一个县，这无疑是个重要职位，许多时候，被提拔的概率也比较高。然而，在 2004 年秋天，我却郑重地给县委提交了辞职报告。当时，外面传闻很多。有说我工作不顺的，有说我跟领导关系没搞好的，有说我能力不行的，也有说我跟外商谈好去赚大钱的，等等。其实，最根本的原因是，我三十几岁放弃部队前程回乡，可五十多岁了还没有实现我的农业梦，我怕再过几年，年近退休，我已保持了二十年的那份痴情会因年老而消逝，会因忙于俗务而落空。那将会成为我终生的遗憾。然而，这么多年来我没有对外做过任何解释。递交这份辞职报告时，我是内疚的，因为那一年，我加入中国共产党已整整三十年。经过几十年磨炼，有一个党内的道理我还是很清楚的：无论自己的兴趣是否高尚，打个人小算盘对一个党员来说，总归不是光彩的事。

一晃，几十年过去了。回想起三份辞职报告，在有点内疚的同时，我也不无自豪。社会不能没有管理者，当官是实现人生价值的光荣途径之一，但并不是每个人都喜欢当官。如果有比当官更让我喜欢的事情，我决不会因当官有较高的社会地位和声誉而迷失自我。

更让我此生无憾的是，我为了实现种田的理想，三次提交辞职报告。我也很钦佩我三十多年的坚守，名利、安逸没有使我忘却或动摇当初的梦想；我还为自己的勇气而自豪，敢于接二连三地向目标冲击，哪怕道路曲折，我也没有放弃。与昔日一起从政的朋友相比，我的职位确实比很多人都低。因为那个年代，我们师政治部可谓人才济济。与我年龄相仿的一二十人中，有三位将军，还有更多的师职干部，转业到地方的也有好几位厅级干部。但我并不后悔和自卑。人生苦短三万天，不痴不狂也枉然。真正的爱，就要不惜代价去追求。我拥有一份自己真正热爱的事业，也为它付出了很多，这就是我人生最大的幸福。

2015 年 10 月 20 日

朝夕相处金不换

在我记事之前，我家就有一条载重量为五吨的木船，父母搞水上运输，我跟他们一起在船上生活，去过外面不少地方。常听父母说起，国家建洪泽湖三河闸时，我家木船也加入了运沙石行列。一次过高邮湖，载重船队行至湖中，突然狂风大作，同行的船都被吹翻了，我家的船幸免于难。不久以后，父亲不再跑水上运输了，毕竟危险性很大。他到村里当起了会计，不再有时间外出，我们一家从此就一直在老家小南庄生活了二十余年。从记事到上中学，我没有离开过父母一天，也没有出过我家所在的乡镇一步。

那时候，最让我们村里小孩感到兴奋的就是从村子南边大河里经过的高港班轮船。船上坐着许多上海人。在那充满幻想的年纪，我们经常早早地守在岸边，迎接轮船的到来，然后再撒腿狂奔，追着轮船一路向前，直至上气不接下气，为的就是从船舱窗户里多看几眼服饰、举止跟我们不一样的上海人。因为有了比较，那时候的我们，对外面的世界十分向往，觉得农村生活除了贫穷、闭塞、单调、枯燥，一无是处，不值得留恋。

初中二年级那年，“文化大革命”开始，我也被卷进红卫兵“大串联”的行列。我们这支队伍一共十几个同学，全是男生。大我两岁的班长夏美义带队，从老家宝应出发，步行半个月跑到了上海。这次“串联”，让我第一次看到了县城。我至今仍清晰地记得，听见有人喊“到县城了”，我急切地从船窗望出去，一眼就看到了船闸，船闸上正开着由南向北的一辆公交车，那是我第一次见到汽车。接着，我又看到了镇江、苏州、上海等大城市，第一次看到了两层以上的楼房，第一次看到了江里的大轮船，第一次看到了火车，还有许许多多在乡下没看过的东西，真的令我大开眼界。这些都让我无比兴奋，与此同时，长期的在外生活让我尝到了想家的滋味，这是我第一次想家，也让我理解了“金疙瘩银疙瘩不如穷疙瘩”这句话的意思。

那一年，我虚龄十五岁，在队伍里年龄最小，个子也矮。队伍出发第一天，大家无比亢奋，天不亮就出发了，到汜水才吃早饭。直到夜火通明，我们进了高邮城。这一天，我背着棉被步行了 60 公里，创下了我这辈子包括在部队十多年徒步的最高纪录。当晚，队伍就出现了减员情况，一个同学疝气发作，不得不被送上轮船，结束了“串联”行动。我虽然也腰酸腿痛像散了架，但还是咬牙上了路。过了镇江以后，天空飘起了雪花，鞋子又湿又冷，大家迈着酸痛的腿，一步跨一根枕木，吃力地前行。上路不久，谁喊了一句“呀，今天是过冬”，顿时前行的队伍停了下来。过冬即冬至，家乡有冬至大如年的说法。如果此时在家，我一定会跟家人暖和和地围坐在一起吃驴打滚的。我家驴打滚的馅比许多人家多一味野生蘑菇，在我的记忆里那真的是世界上最鲜美的味道了。野生蘑菇是我家屋后菜园子里大桑树根上长出来的。每年春天，我会准时采回来晒干，然后收藏起来，等过冬至时拿出来做驴打滚。今年也不例外，晒干的野蘑菇已在锅屋二梁上挂了几个月了。想到这里，再看看自己又湿又冷的棉鞋，我的泪水止不住地流了下来。

因思念而第二次流泪，是在我三十岁时。那年春节，我从部队回家举办婚礼。蜜月没过完，已在师部当干事的我不得不按时归队。归队后的第一个周末，我正在宿舍门前扫地，本科室的一位同事从办公室给我捎来了一封信。这是结婚后妻子来的第一封信。信中寂寞、思念的倾诉，让我一下子无法控制自己，泪水大滴大滴地流了下来。

著名作家毕淑敏在散文《爱怕什么》里说：“爱的脚力不健，怕远。距离会漂淡彼此相思的颜色，假如有可能，就靠得近一点，再近一点，直到水乳交融亲密无间。”如果将一对恋人硬生生地拆分开，即便是坚韧的少年抑或军人，也无法抑制那痛苦的泪。

商人为了生意要只身漂洋过海，军人为了使命要离家戍边。而小农场的农民却能够和家人过着朝夕相处的田园生活，是一件多么难能可贵的事呀。我们村里就有一对夫妇，他们说，只要找到五十亩以上的田，让日子过得去，他们就一定不外出打工。如果实在没田种，不得不出去打工挣钱，他们也要到同一个城市一起打工。人生苦短几十年，朝夕相处金不换。与我合作种田十几年的华道宏、蔡志琴夫妇也赞同这个观点。这都是真正懂得人生、热爱生活的人。

2015 年 10 月 16 日

养儿不教，父之过

退休后回到阔别几十年的老家发现，与儿时相比，农村有了许多新的气象，其中，爷爷奶奶带孙子孙女在家上学的情景让人印象深刻。如今农村原有的村舍大半成了空巢，每天能看到人多的时候，是学校上课前和放学后的那个时段，马路上成群结队的白发老人骑着三轮车在学校与村落间穿梭。孩子们的爸妈外出打工，就把他们丢给爷爷奶奶。原来每个村都有小学，由于生源萎缩，现在几个村庄合办一所小学，小孩走不了那么远的路，便由爷爷奶奶一天六趟来回接送。而每当我看到远离父母、常年跟爷爷奶奶在一起生活的晚辈时，就会想起我的童年和我儿子上学时的情景。

我的童年是在老家小南庄村度过的。我是家里的长子，到我十一岁时，家里已有兄妹四个，父母很忙，但他们不忘对我们严加管教。父亲对我的管教，印象较深的有两次。第一次是小学一年级的那个冬天。我们那个年代没有幼儿园，没有上过学的我野性十足，十分反感每天早起上学。有一天，爷爷照例催我起床。由于前一天晚上玩捉迷藏玩得太累，我此时睡得正香，很不情愿地起床后，站在踏板上一眼看到爷爷的尿壶，便飞起一脚将其踢了个底朝天。糟糕的是，正巧被正在东房的父亲听到了。父亲岂能容忍我这种忤逆行为，狠狠训了我一通，便拖起我往学校走。我一路上又蹦又跳，越是蹦跳，屁股就被打得越厉害。第二次是我上高中之前。1969 年初，当时我家 7 口人，弟弟妹妹都已上学，父亲在大队当总账会计，在生产队劳动的就我母亲一人，我家难免属超支户，每次分粮分草都赶不上别人家。已经虚龄十八岁的我想为家庭分忧，于是决定辍学。父亲跟我谈了几次我也不肯改变主意，气得他脸色铁青。过了几天我以为事情已经过去，可是有一天晚上，大舅突然来到我家。原来，在父亲的心里，让我继续上学是大事，一定不能由着我性子来。最后，他俩联手，轮番做我的思想工作，终于在学校已经开学了一个多月以后，把我劝进学校，让我开始了高中学习。

跟我一样，两个弟弟也都从高中顺利毕业。我们兄弟三人先后参军入了伍。那个年代，高考还没有恢复，高中是农村最高学历，我们兄弟三人在学历上占了优势，都幸运地被提拔成了军官，并且升到了团职，二弟义春还一直升到正师职，干到泰州军分区政委职务。妹妹读完初中当上了企业会计。这些一时成为家乡的佳话。许多年后的今天，我常想，如果不是父亲的两次威逼，我的人生一定不可能如此。

到我做父亲的时候，我的育儿理念是清晰可见的。小孩出生前，我特地到部队驻地涟水新华书店买了几本育儿书籍。仔细阅读后很受启发，其中有个理念至今记忆犹新。书上说，爱就要多接触，多在一起。我觉得这是很有道理的。我儿子 1982 年出生，当时我还在部队。为了能生活到一起，我和妻子想办法申请调动，在儿子三岁时，他们来到部队。从此，直到他上大学，我们都没分开过。回想起来，在陪伴小孩成长的过程中，我自认为做得好的一点就是每天陪他散步直到他去上大学。从幼儿园开始，几乎每天晚饭后我会带着他去散步，徐州的黄河沿儿、宝应的运河边儿，留下了我们无数的足迹。我们一边散步，一边聊着感兴趣的话题。上中学后，他的作业很多，晚自习回来还要做作业，我就等着他，做完作业后一起上街溜一圈，透口气。儿子小时候体质差，为了帮他增强体质，他 7 岁的时候我就带他到文化宫学习溜冰，8 岁为他买了跑步机，9 岁教他打乒乓球并一直陪练到他上大学。上中学后时间紧，我们还特地为他买了一张红双喜球台放在自家客厅，以便利用中午和晚上放学后短暂的碎片时间锻炼身体。

一晃，儿子三十多岁了，也有了他的儿子。我为他骄傲的并不是他的学业好，取得了硕士学位，在职场里也算拔尖，而是他发展得比较全面，读高中和大学时，遇上两所学校的70年校庆，他都被选为主持人。大学期间，他一直担任学生会干部，还参加了学校的乒乓球队、篮球队、排球队。

改革大潮，搅起了川流不息的人流。为了生计，人们不得不走南闯北。大人外出了，还没成年的孩子怎么办呢？在我们农民的心目中，生命最为重要的意义就在于生命的延续。抚养好自己的下一代，是千百年来人类进化的天然义务，是写在人类基因里的本性，是大自然造就的代代相传的生命延续法则。因此，在考虑谋生时，我们一定要把子女的培养教育一并考虑进去。

可喜的是，在我们周围，已有不少青壮年不为外面的高收入所心动，心甘情愿地留在孩子身边，在本地流转几十亩土地发展农业，理由就是陪着孩子长大。

2015年10月16日

采　蘑　菇

从来没有见过，快到大雪了，天气还这么暖。河东边的麦田里，刚刚拱出土的月牙儿弯着个腰，还是儿时冬天看到的那副冷冰冰的样子。我抹了一把额头上的汗，戴上矿灯，转身走进五号菇棚。

蘑菇场一共有五个棚，三亩地，在我家小农场的最北边。离六十岁还差几年的时候，从县城机关退了下来，我就来到这个僻静的湖边办了个家庭小农场，想过一种亦城亦乡、半耕半读、且劳且乐的准老年生活。眼看夏秋两季周边大片大片地焚烧稻草秸秆，浓烟四起，心中不免有些惆怅，于是便在农场里试着办起了这个蘑菇场。蘑菇的蛋白质含量比一般的蔬菜和水果要高出很多，美国人称它是“上帝食品”。而且稻草秸秆可以用来做蘑菇的培养基料，这样就减少了稻草焚烧对大气造成的污染，还能创造利润。

菇床上，洁白圆润的蘑菇，一个挨一个，灯光一照，像一把把可爱的小雨伞。我弯下腰，左手捏着菇柄轻轻一扭将蘑菇拧下来，右手里的刀片轻轻切去菇根，左手再把切好的蘑菇轻轻放进随身带的筐里，随即，又捏住下一个菇柄。一个月下来，我已成了熟手。

今晚比昨晚快多了，不到十二点就摘完了蘑菇。不禁胡思乱想起来：明天上午只管睡懒觉，明天下午天大的事也不管，就用来看书……王小波的《青铜时代》到底怎样看才能看得懂呢？……《全新思维》值得一读，作者丹尼尔·平克说得有道理，“未来将属于那些拥有与众不同思维的人”，拥有全新思维的六种能力中，共情能力尤为重要。要给俺家小子寄去，让他也读一读……网上说，大连的刘永昶开发出了露天木耳，大大降低了成本，开春前得去看一看……等菇场赚到钱，我一定要去欧洲玩一趟。

一直这样忙里偷闲、一边采菇一边轻松愉快地开小差多好！但讨人嫌的腰疼病又犯了。大概还是三十多年前这样疼过，像锥子扎一样。那时刚参军，在新兵连里天不亮就起床，跑步、投弹、俯卧撑、仰卧起坐，熄灯前没有一刻停歇。那时还不只是腰疼，大腿、小腹、胳膊都疼，练习扔手榴弹以后，端饭碗手都抖。那日子真苦！可是技能在不断增长，也就不觉得苦了。我停下两手，直起身子，让腰板微微向后仰着。

离我两丈开外，亮着两盏矿灯，灯下是吴奶奶和卢奶奶。她俩跟我差不多年纪，晚上来菇场帮我采六七个小时的菇，白天做自家的事，一个开小店，一个下湖捕鱼。她俩同我一起进的五号棚，一会儿工夫就把我落得老远了。再练两年，我这腰板能赶上她们的结实吗？

八月初，蘑菇场忙"堆料"，4 万多斤稻草分成十多个草垛子，需要在一个月里颠来倒去地翻，让稻草发酵。堆草的地方，南边是密密的树林，北边是一排接一排的塑料大棚。上午九点钟过后，天上好似下火，北边大棚向外喷着热浪，南边树林又把少得可怜的凉风锁得严严实实，真让人透不过气来。我只是来回跑跑，挥挥手，动动嘴，每天不要到中午，纯棉的衬衫就全都湿透了。但就这样，工地上仍然每天笑声不断。

最难忘的是帮我堆草堆的华爹爹。老人家 73 岁了，大我 18 岁。乡下已是好多年不堆大草堆了，年轻人不敢揽这个活，就请到了他。那天傍晚，望着草堆顶上手脚麻利的华爹爹悠然自得的样子，我忽然觉得：人生就这么一次，中年向后占了好长一段时光。许多人年老了还在干，我也不能浪费时光。

棚外传来独轮车嘎吱嘎吱的声响，这是人们推着蘑菇上井台冲洗打包了。这个声音总让我兴奋。想到出国旅游、想到腰板结实、想到头顶上的一方天空少了不少烟尘，我两手的动作明显地快了起来。

原载于 2008 年 2 月 2 日《宝应日报》2 版

农场冬夜

来过我家农场的朋友，看了“麦苗青青菜花黄”说美，看了“稻浪滚滚闪金光”也说美，要是他们看了这里的隆冬之夜，一定会说更美。

前不着村后不着店的农场，加之再过两天就是腊月初一了，从亮着灯火的小屋里出来，一带上门眼前便一片漆黑。不过，这不影响我散步。在诸多的爱好中，让我钟情且几十年不变的便是夜晚散步。我可以快步疾走当运动，我也可以一步三摇当休闲；我可以什么都想，我也可以什么都不想。

离农场不远处是一片杨树林。林子里的杨树一棵棵长得粗壮又挺立，整齐又漂亮。跟这片杨树林朝夕相处久了，对它的美倒有点视而不见了。而林子北面那两棵被大风刮断、树头吊在半空的树，却时常引起我的注意，路过时总会有意识地看向它们。此时的树林看上去如此神秘、朦胧，巧妙地掩盖了它的美中不足，不禁让我心中涌出一丝对这夜色的喜爱。

农场的一百多亩地，种的是小麦。今年冬天异常地冷，我生怕麦苗冻坏，白天又下地从南到北看了一遍。可喜的是，麦苗健康地活着。虽说看上去才长到手指一般高，其实，这两个月它们的根在地下可在奋力生长。麦苗的初生根每天要向下扎两厘米左右，眼下已达几尺深的深土层，根系长度是麦苗叶片长度的好几倍。想到这，我情不自禁地弯下腰，朝着它们伸出了大拇指。黑暗里，我什么也看不见，可是我又觉得，鲜嫩的麦苗我看得十分清楚，甚至，我还看到了麦苗拔节抽穗、籽粒丰收的场景。这画面激活了我的梦想与憧憬。

农场的最西边，是清澈的宝应湖，湖边的圩堤上是一排排挺拔秀丽的水杉。我离开麦田，远远向湖边望去，只见平日棵棵分明的水杉此时却粘到了一起，形成了一道宽宽的大幕，就像小时候过年，村里戏台上的那个大幕。那时候，我们喜欢看大花脸、长胡子，可是横在台前的那个大幕，却总是非得等到锣鼓敲了一遍又一遍，我们的小脖子够酸了，才慢慢地拉开。这大幕多像黑夜呀。有黑夜的节制，我们日落而息，张弛有度，才得以健康地生存繁衍。没有大幕，哪来渴望？

当我来到湖边时，风渐渐停了，邻村的狗也不再叫了，除了脚下踩踏落叶发出的沙沙声，其他什么声响也没有。我索性停下脚步，闭上眼睛，面对着湖面，让自己沉浸在这个静谧的夜色里。

忽然，这几天北方有大雪、寒潮的电视新闻，不知咋的从脑子里冒了出来。所剩无几的煤场，又令我联想起上个月在南京，儿子陪我和他妈看的电影《2012》，想起城市中如同白昼的夜景，一股对黑暗的爱怜不觉在心里弥漫开来：我们为什么对光明这样地过于宠爱，不惜用那越来越少的能源拼命地制造耀眼的光来驱逐洁净的黑暗呢？为了自己的生存，我们不应该对上帝造就并赐予人类的圣洁的黑暗心存敬畏和珍惜，给她留下足够的空间吗？

我爱你，农场冬夜。

原载于2010年1月28日《宝应日报》3版

今夏无烟

下乡办农场已六年，每到收割季节，遍野的稻秆、麦秸集中在那几天燃烧，浓烈的烟尘让降落的飞机找不到跑道，整天在田埂上走来走去的人，哪能不被呛着？

今年6月2日，又到了快要夏收的日子。那天，我家麦田去杂，前来帮忙的邻村老奶奶说："今年麦秸不敢再烧了。各家各户都跟村里签字了，谁烧罚谁款，弄不好还要被拘留。"另一位大妈则不以为然："头一年说呀?！还不是光打雷不下雨。"

6月10日，周边农户陆续开镰。从农场到县城的路两边，出现了与去年不一样的劳动场面，割完麦的麦茬地里，有人用耙子耙草，还有人用一块大布包起一堆堆麦秸往田埂上拖。去年夏收，县里在汜水镇宋埠村搞秸秆还田试点，我曾摸去看了半天。经过粉碎的秸秆，拖拉机能很好地进行灭茬作业，不会影响插秧。于是，心里有底的我便上前询问，并想做些解释，哪知道没有人理睬。看得出，他们对于这样做很是不满，以前没搞过秸秆还田，对这技术不是很相信，但是又不敢再烧，只好很不情愿地把麦秸往外拖。

6月14日，隔壁老潘家开始割麦。他同我家差不多，也有一百多亩地，也就是说有十多万斤的麦秸散在麦田里。如果往田埂上拖，得花数十个劳动力，在这抢收的节骨眼上，显然找不到这么多人。老潘会怎么办呢？两天后，我来到老潘家的田头。让我眼前一亮的是，麦茬地全部旋耕过第一遍，大部分麦秸已翻压下去，田埂上没有一堆草，麦田里也看不到一摊灰。

6月18日上午8点，坐在赶往射阳湖的轿车里，我凝视着窗外。凌晨，老家来电话，本家族年近九旬的老太去世了。尽管昨晚我家刚收获了十多万斤麦子，天气预报又一直播报有雨，但我还得回去一趟。

车一出县城，公路两边黄灿灿的麦茬田一片接一片从眼前闪过，不见一把麦子在田里，也没有看到一处烧焦的黑土。我轻舒了一口气，车子已开过望直港镇獐狮社区，进入我老家射阳湖镇境内。眼前的赵家村，是我熟悉的地方。四十年前，我高中刚毕业就被公社选去当土记者，曾在这个村住过好几个月。1971 年初夏，连续多日阴雨，麦子在地里发了芽，这个村率先搭起“斗天篷”，抢收小麦，公社到这里开现场会，我去写了新闻。如今，这个当年的先进村响应政府号召应该不会差吧？果然，放眼望去，满田的男女已经忙着泡田、旋耕、直播，目光所到之处没有一点烟灰。

就在我看得越来越兴奋的时候，车子过了洋河，驶进了我老家小南庄村。这可是我们县最偏远的一个村，难道这里的村民也会听话执行国家的政策吗？我的心一下子悬了起来。正想着，车停了。就在我跨出车门的瞬间，一个熟悉的身影映入我的眼帘，两块田之外的麦茬地里，父亲当年的好友、年近七旬的老支书正弓着腰挥锹理墒，他的周围干干净净，没有一点火燎的痕迹，其中也包括老支书身后那块“土改”之前曾经属于我家、我非常熟悉的土地。

夏日的清晨，远离城市、坐落在宁静的兰亭荡边的老家，没有了秸秆的焚烧，天空格外湛蓝，空气格外清新。站在村口自家的老田面前，百感交集。我想到了连日来亲眼看见的秸秆还田的一个个场景。这可是几十年来第一次这么大范围最为真实彻底的秸秆禁烧！一年能使一个县的耕地新增几十万吨、价值几千万元的有机质，几年则可以告别许多年闻不到臭味、愈来愈板结的“卫生田”，重见松软通透的“海绵地”。良田沃土不但会为我们当代人生产出更多更优质的粮食，而且惠及子孙。这无疑是一场非常成功的具有里程碑意义的栽培技术革命!

我又想到了老田的主人、爱地如命的爷爷。爷爷一生勤俭节约，经常在路上，他看到一摊狗粪也要捡到粪箕里，带到自家田里。承载着越来越多的人口，却时常不被善待的日益减少的耕地，你是多么需要更多像爷爷这样的人，精心地呵护啊!

原载于2010年8月7日《宝应日报》3版

村里的姑娘

我在老家生活到20岁才出去，尽管到现在离开了40年，老家许多事物依然能勾起我许多美好的回忆。其中，最令人难以忘怀的是村里的姑娘。

老家小南庄，在宝应县的最东边，与盐城隔荡相望。20世纪五六十年代，我离家之前，正是有史以来这里最为人丁兴旺的时候。村里7个姓氏，26户人家，跟我一年出生的孩子就有8个。到我十来岁时，村里比我大几岁和略小几岁的女孩子，加在一起有29个。尽管粗茶淡饭，甚至吃糠咽菜，但姑娘们没几个是瘦的。早春下荡捡田螺，姑娘们卷起裤管，露出的小腿像藕似的白嫩。她们赶不上我们男孩疯，一般不敢爬草堆、上树梢，可是踢起毽子、跳起绳来，个个来劲。那个年代虽然贫穷，然而姑娘们铜铃般的笑声，还是给人们带来了许多欢乐。

长大以后，村里的姑娘们一个个特别地能吃苦。麦子脱粒，没有机械，全凭人使足力气往石磙子上掼。骄阳似火，即使站着不动也会浑身冒汗，何况要不停地将麦把举过头顶使劲往下掼？然而，这里少不了姑娘们。数九严冬，冰水刺骨，正是收割芦苇的季节，这里也少不了姑娘们。劳累一天之后，男人们揣包香烟出去吹牛了，姑娘们还得做饭、喂猪、洗衣服。想起这些，对村里姑娘们的敬意便油然而生。

如今的小南庄，特别安静，让人住下来就不想走。然而也有令人惋惜的地方。全村已经多年没有一个20岁左右的姑娘常年在家了，姑娘那铜铃般的笑声平日里已非常难得，只有逢年过节才能遇上。刚开始我有点纳闷，仔细想想，恍然大悟了。小时候在家时，小南庄最多人口达 163 人，一半以上是青壮年，而现在全村只剩下不足 80 人，一年在家两个月以上的只有一半，其中 27 人已经 60 岁以上。小南庄人口越来越老龄化，空巢老人随处可见。一位本家叔子谈起小南庄，叹了一口气："再过 20 年，小南庄就不存在啰！"是呀！20 年后，如今已 60 多岁的村里人还有多少健在呢？年轻人又有几个回来呢？人口太少的村庄哪能不撤并呢？再看眼前，已经小康社会衣食无忧了，夏收大忙时，却是满田皆白发，甚至还有 80 多岁的老太拄着拐棍在秧田里气喘吁吁地拔着草。着实让人心酸。

回小南庄一年来，遇到了好几位从城里回来探亲的本村姑娘——我们的下一辈。她们有的打工，有的开店，有的办厂，穿着时髦，谈吐时尚，已经看不出多少乡下人的痕迹。更喜人的是，她们的思维和眼界，已远远超过她们的姑姑们。有一位叫春香的本村姑娘，已在北京办了个专做外贸服装的大企业，致富以后为村里修了好几条水泥路。

听着她们在外打拼、创业的感人故事，一天，我做了一个长长的梦。梦到她们当中的一位，开着大卡车，拖着所有家当回到小南庄办农场了。

姑娘情真意切地说："小南庄是我们的根。自打'洪武赶散'来到这里，我们的祖祖辈辈已经在这块土地上繁衍生息了大几百年。他们在这里精耕细作，不仅养育了子子孙孙，还为我们后代留下了勤劳、勇敢、正直的好传统，让我们后代能够行走于天下。若干年后小南庄可能不复存在，但小南庄的一百多亩沃土将永存。如今，我们七八十岁的父母耕种这块土地已经几十年，他们已经衰老，如果我们迟迟不接过已经传到我们年轻人手上的接力棒，再让他们勉为其难地继续耕种，我们作为小南庄后代，怎么能心安呢？"

姑娘又说："可能有人说，'汗滴禾下土'太苦，露天工厂风险大。其实，我们既种过田又打过工，大家心里有数，城里生存并不容易，比起流水线快节奏的操作工，比起我们的父辈夏天掼麦、冬天砍柴，如今的种田应该是很惬意的事了。”

“至于能力，凡是有点文化，能开店办厂的，能在城市站住脚生活的，认真学一学，种百十亩地一定不在话下。要说风险，比起做其他生意，当下种田最稳当，因为既不愁原料供应，也不愁产品销售和行情，有国家兜底。拿到百十亩地，就等于捧上‘铁饭碗’，拥有一份办在家门口的稳当事业。当然，当年我们进城需要勇气，如今回乡，同样需要胆识。我相信，从今往后，以后的农村将是我们青年一代发光发热的地方。”姑娘的话，让我频频点头。

2015 年 10 月 16 日

扣　饭

或许儿时饿得太狠，进入老年后，找寻童年欢乐记忆的时候，印象最深的往往是八大碗、驴打滚、白糖泡炒米等，这些曾经让我垂涎欲滴的吃喝上的东西。

扣饭也是其中之一。

12 岁那年，想起来就让人心悸的三年自然灾害终于过去，农村操办红白喜事开始有了酒席。为了节省开支，祝寿婚嫁的人家大多把日子选在过年期间。这样，几天年过下来，不少人能吃到几次酒席，解上几次馋。这几天也就成为一年里最值得回味的日子。

那时家乡酒席流行八大碗，没有后来丰盛的冷盘。第一道菜叫头菜，由肉膘、五花肉片、蛋皮、淡菜（海鲜）、金针菜、荸荠片等炒制而成。接下来依次是坨粉、假鸡、红烧肉、红烧鸡。这几道菜尽管冠名肉和鸡，实际上一大半由慈姑、青菜、芋头等蔬菜垫碗，只是上面盖一层肉或鸡。吃这几道菜时，如果动作较慢，就只能吃下面的素菜了。肉坨子倒是实打实，每客有三个，还会多盛一个“压碗”。

八大碗的每道菜，都让我们小孩垂涎三尺，因为刚从饥荒中过来的我们，从来没有吃过这么好吃的菜。所以，哪家办酒席，那家门前屋后一定被孩子们里三层外三层地围着。即使闻闻那扑鼻的香气，也能解解馋！有的小孩胆子大，厚着脸皮钻到自己父亲身后，分享一两个肉坨子。

赴酒席的男人们，常年干重活又没有油水下肚，一顿能吃二斤米饭、一整桌酒席肉坨子的多的是。所以，整个酒席，除了有一个肉坨子“压碗”不能动，其余的菜一律风卷残云。主家请来帮忙端盘子的本地大嫂们，十分理解同乡的男人，一般最后一道鲤鱼上桌后，大家开始吃饭（鱼到酒止），她们的工作就立即由端菜变成了添饭。她们先给每人盛上一碗饭以后，手里又盛上满满一碗饭，每个人守候一桌。看到哪一位碗里只剩碗根脚了，立马就将一整碗饭扣上去。那时，绝对没有现在食客常挂嘴上的“只要一小口饭”“给一个饭团子”这一说。大鱼大肉不可能放开吃，大嫂们也就以多劝饭，让大家把米饭吃饱为荣为乐。

有一次，一位汉子从罱泥船直接上岸入席，第一碗饭没过三分钟就刨完了，大嫂理解“穷荡饿海”，没有让他等就扣上了一碗。肚子正饿的汉子高兴地点了点头。几分钟后，当他快吃完第二碗时，看到大嫂又向自己靠近，也不避让。汉子吃饭很快，米饭入口就下咽，也不怎么嚼。这是挑河工长期锻炼出来的生存本领。可是，他吃第三碗的速度明显变慢了。他发现，这碗饭不但不松散，还用锅铲使劲按过，一碗饭的分量足足有一碗半。他感到肚子明显有些撑了，再看看周边，因为“年饱”，大部分客人两碗饭下肚就放下了碗，并把筷子搁到碗上（一种礼貌风俗），等着他吃完一起“宽坐”。汉子感到了落后的压力，只得放下碗筷，悄悄地松了一下裤带（乡下有吃饭松裤带穷舅舅的忌讳），接着继续刨剩下的半碗饭。

不一会儿，两个酒桌只剩汉子一个人在动筷子，他便成了两个添饭大嫂共同的服务对象。只见一个大嫂盛上一碗饭，来到汉子右前方，一边劝说汉子再添一碗，一边摆出扣饭的架势。就在汉子直喊“饱了饱了”时，另一个大嫂躲到汉子背后，从左后方伸出左臂，快速地将一碗饭稳稳地扣到了汉子碗里。顿时，满屋人哄堂大笑，汉子无奈地搁下碗，伸着脖子直打嗝。就在大家面面相觑时，一位面朝南坐的长辈不无严肃地说，办喜事不作兴作饭碗（按规矩不允许浪费粮食）！汉子再次端起饭碗时，只见他两臂使劲撑开，两只手端着碗紧紧贴着嘴边，尽力使饭碗减少暴露，同时，两眼不停地环顾左右，生怕再次被袭。

如今，华夏大地最贫穷的乡村也实现了温饱，“扣饭”已不复存在。然而，那一段挨饿的记忆，却深深地印在我脑海里，挥之不去；乡村与城市的差距会不会越来越大，中国人的饭碗能不能一直稳稳地端在中国人自己手里的忧虑，也时常在心头萦绕。

原载于2021年5月14日《扬州晚报》a13版

村头的路

老家小南庄，属里下河地区，地势低洼，河沟纵横。20世纪60年代中叶，在去县城之前，除了射阳湖集镇上不足两米宽的砖街以外，我没有见过一尺长的硬质路。乡间所谓的大路叫大圩，是纯粹土路，宽不过三尺，一下雨便一片泥泞。那时乡下没有胶鞋，冬季雨雪天，只有在薄鞋底上钉一块厚木板垫高鞋底，才能不让泥巴沾到鞋帮上，其他季节雨天只得赤脚。没有硬质路，别说卡车、轿车，连脚踏车都没有。送粪、收粮，全靠肩膀；去集镇和县城，除了步行，只有坐船走水路，去一趟宝应县城，现在坐车半小时的事，那时坐轮船得大半天。

小南庄向南、向北半里路，分别是南廖徐、北廖徐两个大村子。南廖徐是小学所在地，北廖徐是供销社所在地，这两个地方可谓文化、商贸中心，小南庄自然有一条三尺宽的大圩与它们相连通。

11岁那年夏天的一天，北廖徐要放电影《百岁挂帅》。天气阴沉，妈妈担心天会下雨，不让我去。可我实在眼馋，还是悄悄地去了。不出所料，电影没放一会，老天就开始丢雨点，还越来越大，没有停下来的意思。我只得紧跟着大我6岁的宏富哥哥，恋恋不舍地离开操场回家。

刚开始时，雨不算大，撤退的队伍并不慌乱。可是刚过了北廖徐桥，天上惊雷一声响，紧接着，斯文的小雨变成了瓢泼大雨，人流一下骚动起来。“快！快！快！”催促声此起彼伏。雨柱下伸手不见五指，人们只能借着闪电往前奔。有的看不见路一下跌进了路边的水沟。有的前脚跌倒，后面的人避之不及，一下压了上去，滚成一团。正当我暗自庆幸没有跌下沟，也没有被踩踏的时候，又一个更大的惊雷在头顶响起，平时特别怕雷声的我，只觉得人绵软无力，顿时目瞪口呆。等反应过来后，我看到了灯光，看到了小南庄桥口。过桥就到家了，有救了！我重重地松了一口气，顾不得双脚丢失的鞋，快步向小桥冲去。

上桥的脚步刚迈出，我才突然意识到：我冲进河里了！原来，小桥已经破损，生产队将它移到南边河道稍窄的土地庙边上去了。在高度紧张中我竟然忘了这件事。要命的是，这一年，我还没有学会游泳。水乡人一般都会游泳，但我们这里又有个观念，河里淹死会水的人，不到十三四岁不让学游泳。

11 岁心智虽未成熟，但求生欲望没有半点含糊。50 多年过去了，当年生死攸关时刻的心理活动至今仍记忆犹新：赶紧闭嘴憋住气，不能哭！赶紧掉头转身，再往河中央去就会淹死！赶紧扒住河底往回爬，我虽然还不会游泳，但是已经会“扎猛子”（也就是潜泳，头出不了水面）了，只要潜泳回河边，就死不了！总算命大，在肚子里的气快要用完之前，我终于在水里掉转了方向，扒着河底爬到了岸边，又抓着河坎上的杂草，一头冲出了水面。

从城里退休后，我常回老家居住。近五年，乡村发生了翻天覆地的变化。五年前，走了几百年的通北廖徐的三尺土路拓宽到了一丈。三年前，这条土路铺上了水泥，变成了小南庄通往村外的第一条硬质路。去年，这条路又提档升级，扩宽到了 5 米。

如今，不管下雨下雪，大型拖拉机、联合收割机、收粮的大卡车，都能直接开到村头了。也像城里人一样喜欢晚饭后散步的老哥哥老姐姐们则说：“这么宽的大马路，我们闭着眼睛也能摸到家了。”

在过去，水乡的路都是泥路，泥一遇水即烂，这一直困扰着我们祖祖辈辈。现在，水乡的路实现硬质化，晴雨畅通，人们通过这条路实现了乡村振兴，过上了幸福的生活。

原载于 2021 年 5 月 26 日《宝应日报》

村里的桥

老家小南庄，在河沟纵横的射阳湖镇，三十几户人家的小村子竟有两座桥。

村子中间有一条东西向的大河，向东连接着一望无际的芦荡，向西伸向几百亩良田。三十几户人家分住在河的南北边，村东头有座跨河的大桥。紧挨着大桥北桥头，有一条小河成直角连接着大河向北延伸，浇灌着村后几十亩农田。在这条小河上，也有一座桥。

所谓大桥，也不过五六尺宽、两丈多长。

因为桥肚里能行船，桥面较高，夏天就成了人们傍晚纳凉的首选地。每到夕阳西下，孩子们最开心的事就是尽快吃晚饭、洗澡，然后拿上草席到桥上抢块地盘。那里不仅高亢、凉爽，更有大人讲故事。有些太过恐怖的鬼故事，会吓得孩子们不敢单独回家，然而，第二天还是照样去抢地盘。在没有电视机，更不知电脑和智能手机为何物的年代，鬼故事再恐怖，人们也觉得它很有趣。

东边小桥下面不行船，加之河面窄，桥面既矮又短，纳凉时没人抢它的位置。初二那年，“文革”开始，学校停课，我便回生产队挣工分。第二年盛夏的一个中午，我在小河东边砍了满满一担青草，美滋滋地往家走。这一担草可以顶一天的积肥任务了。

当时，东边小桥已经破损，可生产队里拿不出够大的木料修桥，队长就让人找了一块破水车的车底放到桥面破损的地方。行人的桥面本该用厚木板，很薄的旧水车底显然吃不消。当我挑着重担子，走到桥中央时，只听咔嚓一声，我的左脚踩空，瞬间整个人跌倒了。我低头一看，三块薄板拼成的车底，中间一块断裂，我的左脚从断裂处踩了下去，在小腿肚处被卡住。我赶紧坐正身体，用力往回抽我的左腿。哪知刚一用力，小腿肚如刀割一样痛。再一细看，只见右边车底缺口处，水平地露出一截生了锈的小指粗的枣核钉，正好戳在我的腿肚上方，小腿肚内侧殷红的血直往河里滴。硬拔就会在腿上拉开一个更大的伤口，显然不行，喊人又帮不上忙。我只得捡回镰刀，将左腿使劲往右挤，使得左腿的外侧挪出一丝空隙，然后紧挨着我的左腿外侧，将刀从断裂处伸出去，一刀一刀慢慢地剜车底的旧木板，以扩宽断裂处。左腿往右挤，就是往枣核钉上挤，枣核钉就会在我的腿上扎得更深，痛得我浑身出大汗。我只有忍着痛，足足剜了十多刀，让戳在腿肚上的枣核钉从伤口里面露出钉头，我的左腿才带着一大片血迹，慢慢地从破车底里抽了出来。

如今，村东头那条小河已经废弃，变成了 5 米宽的水泥路，村里只剩了一座桥，而这座桥又变成了钢筋混凝土大桥，比原先的木桥长了许多、宽了许多。更重要的是它与 5 米宽的水泥路相连，承载大卡车没有一点问题。因为有了空调、电视，再热的夏天也没有人上桥纳凉了。纳凉似乎已经被人遗忘。然而，我左腿肚上那块蚕豆大的疤痕，一直没有随着岁月的流逝而消失。

随儿子儿媳生活在省城的孙子，今年 11 岁，正是当年我最爱听鬼故事的年龄，每次他回老家来看我和他奶奶，或者我们去省城小住，我总要搜肠刮肚准备几个估摸他会喜欢的小故事。讲下来的总体效果还好，有时还能逗得他哈哈大笑，让我很开心。但是，有不少次我讲得很认真，可他却在走神。像我们儿时听鬼故事时，两眼瞪得滚圆的情景，现在实在少之又少。去年秋天孙子回来，一有空他就捧着电子书，儿子告诉我，他在看刘慈欣的《三体》。那以后，我还一直没想好，我该讲些什么才能吸引他呢？

我们的时代正在加速发展。乡村发展得咋样，站在村口看一眼人们住的房子、乡村的道路、河上的桥梁，也就一目了然了。如今现代化的钢筋水泥、电力、化肥、网络等现代元素充分应用到乡村的生产生活中，促进乡村发生了天翻地覆的变化。

乡村振兴，得借助现代化的力量。

原载于2021年2月25日宝应生活网

河边旧猪圈

老家小南庄，早就没有人家养猪了。旧猪圈还有几座，静静地闲置在河边，20 世纪六七十年代，除了五保户，三十几户人家，家家都养猪，家家在河边都有猪圈。他们养猪为的不是卖猪肉赚钱，而是为了用猪脚粪挣工分。

我家 7 口人，爷爷 70 多岁不能参加集体劳动，我们兄妹 4 个都上学，父亲在大队当会计，只有母亲在生产队劳动拿工分。因为经常是超支户，我家猪圈里从不缺猪。上初中后，我懂得了这层利害关系，便主动分担了猪圈里的事。星期六放假，住校的我连跑带奔赶回家，到家后就卷起裤腿出猪粪。一般情况下，生产队在种麦和插秧之前，都会用船到河边收集各家各户的猪脚粪。收稻收麦前，各家猪圈边的猪脚粪会堆得跟小山似的。刚开始时，我总想，猪脚粪里猪屎猪尿含量越高越好，出猪脚粪不宜太勤。后来我发现，生产队收猪脚粪按船记工分，不问猪屎猪尿含量多少。每头一百斤的猪每月至少要产生 40 担猪脚粪，超过的奖励工分，不足的要扣钱。于是，我也学着加快了流程。正巧，“文革”开始后我不上学了，便每天往猪圈里甩进去一层厚厚的河泥渣，两到三天就出了猪粪，将那闻不到多少猪粪味的猪脚粪甩到猪圈外的猪粪堆上。至于队长开会时曾经严肃批评的，“猪爪子都没沾到一下猪脚粪”，我是没有敢效仿。也就是，有的人家忙不过来，直接把河泥甩到猪脚粪堆上，省去了河泥进猪圈再出猪圈这个最重要的环节。

也就在那年头，我学会了独自下荡捞渣。我请邻居吕大大帮我做了一副罱子，一旦猪脚粪的原料——河渣快用完，我就撑船下荡罱渣。

那个年代，“三夏”是最苦的时节。现在一台收割机一天能很轻松地割完50亩麦地，那时候人工割，一天一人割一亩就了不起了。割完麦子顾不得脱粒，先抢时间布肥，以便老牛耕地赶插秧。按上面要求，猪脚粪每亩不少于100担。因此得经常加夜班布肥。重担子压在肩上让人不得不清醒，可是，轻担子回头时，瞌睡虫就会来袭。有人犯迷糊跌跟头，是常有的事。

1986—1990年，我有幸参加中央农业广播电视学校农学专业的学习，用四年时间学完了全部课程并通过考试，因而顺利毕业。通过《土壤肥料学》这门课程，系统地学习了氮、磷、钾的知识，拓宽了认知，再回想起当年只顾数量不问质量甩猪粪的往事，直觉脸红。《土壤肥料学》告诉我们，利用粪便和腐烂植物肥田，是人类的智慧，应该继承。从荡里罱回来的河渣，有水草和腐殖质，有一定肥效。可是，过度打捞以后，罱上来的是死黄泥，就一点肥效都没有了。而一个生产队一年能搬运近2 000吨死黄泥，如果堆在一亩地里，能垒到屋顶高，成个大土丘，耗费我们至少上千个工作日。这分明就成了搬石头上山，而且是搬了一块很大的石头上山。

正因为这些大量的无用功，小南庄一百多口人只种了一百多亩地，还忙得不可开交，开春到晚秋早工夜班不断，完整地过个五天年不下地干活很是稀罕。

今年春节前，一直生活在老家的一位老叔子逝世，享年90岁，成为大家记忆中小南庄最长寿的男人。那天去吊唁，想到他年轻时一船又一船罱泥，一担又一担挑猪脚粪，一年到头没有闲暇的情景，突然觉得这位辛劳一生的90岁老人真的非常难得。我对他深深地磕了三个头。

那个没有化肥、农药，没有柴油、电力，单靠扁担和老牛种田的年代已经过去。如今，不但有了氮、磷、钾等元素化肥，而且有了根据不同作物生长的需要进行配比的复合肥，还有了用新技术做包衣，让肥效超过 3 个月的缓控释肥。然而，与此同时，最原始的积肥载体——猪圈，还在河边立着。

旧猪圈为我们的生产，做出过不可磨灭的贡献；但透过旧猪圈，我们又能看到那个年代忽视科学、盲目蛮干的错误生产方式，不觉感到惋惜。

乡村振兴一定要坚定地走科技兴农之路。那种起哄使蛮劲，搬石头上山劳民伤财的蠢事，无论如何不能再做。

原载于 2021 年 3 月 3 日宝应生活网

老家的天际线

天际线是城市建设术语，我想借用一下。

20 世纪 60 年代，也就是我的少年时代，老家小南庄三十几户人家，住的是清一色的草房。我家是富裕中农，房子最高。虽然也是草屋，但有九架梁，有砖根脚。重要的是，爷爷告诉我们，我家屋面下边，挨着铺了一层土坯，可以有效地防御外火。我们村子挨着芦荡，村子里一年到头草连天草连地，防火可是大事。

我家屋后大桑树的高度在村里也是数得上的。放学以后，一出校门，抬头就能望见半里路外我家大桑树上那硕大的喜鹊窝。看到它，我幼小的心感觉暖暖的。同时又有点愤愤不平。两年来，我一直想接近一下喜鹊窝，爷爷早就看出了我的心思，坚决不让干。我倒不是要掏蛋抓小喜鹊，我只是想近距离地欣赏一下喜鹊窝。可是，这个窝建得实在太高了。聪明的喜鹊似乎知道这一带桑树最结实，不担心树枝会断裂，选择将窝搭在最顶端的树枝上，而那的树枝只有我的小膀子粗。在小伙伴中，我爬树还是比较厉害的，腰粗的主干近两丈高，我一鼓作气就上去了。爬二层杈枝，更没有问题。但是，上到喜鹊窝下面的杈枝时，因为枝条细、离主干远，树枝左右晃动的幅度明显加大。我紧紧抱住树枝不再动弹，等着它稳定下来。此时，两只闻讯赶回来的大喜鹊，围着树声嘶力竭地叫了起来，既像对我警告，又像向我爷爷求救。我有点心慌意乱，只得撤下，宣告空中探索失败。

除了高屋顶和大桑树，小南庄还有一样突显在天际线上的物件，就是村子东头的大风车。

那年代，我们没有见过汽车，也没有见过柴油机，在我们眼里，大风车十分神秘。首先，它很高大。车篷，高过我家屋顶，也高过我家大桑树。其次，它相当复杂。六张布篷被风吹动后，首先使架在空中的水平天轴转动，天轴顶头有磨盘大的“拨”，“拨”上有一圈木齿，天轴的转动会带动被木齿咬合的垂直于地面的站轴也转动起来，站轴下端的“拨”和木齿又会带动平行于地面的地轴转动，最终实现水车的转动。生产队的几十亩老沤田，常年就靠这架风车提水。

20 世纪 70 年代农村开始通电，老家的天际线上随之有了高高的电杆和凌空的电线。也就在那年代，村里竖起了好几幢楼房，使老家的天际线一下子上移了一丈左右。

向往高空，似乎是人的本能。人们的生活水平也随着天际线的上移而提高。

老家天际线发生巨变，是最近三年的事。让人着实应接不暇。前年，邻居扣龙大爹爹家承包田里立起了一座几十米高的大铁塔。紧接着，连接铁塔与铁塔的胳膊粗的电缆，横挂在了我家屋西边的天空中，上上下下好几层，总共有十多根。架线师傅说，这十几根电缆把你们隔壁四联村东荡里太阳能板发的电，送到了高邮变电站。一天要送几十万度电呢，比螃蟹值钱多了！

这让乡亲们惊喜不已！往日养鱼养虾的东荡，如今装上太阳能板，把阳光变成了电力，同时，太阳能板下面，大部分水面还能继续养虾。这边惊喜还没有平静，那边又有了闻所未闻的新鲜事。离我家三里路，隔壁高夏村的稻田里冒出了一个足有城里三十层楼高的白色的庞然大物，直插云霄。笔直的钢质圆筒立柱，直径十多米，顶上挂着三个巨大的叶片。叶片没有吊装前躺在地上，看上去有两个篮球场那么长。在县城工作的一位朋友告诉我，这个风力发电大风车，一座投入 2 000 多万元。它占地不足半亩地，创造的产值却能超过几百亩稻麦田。

眼下，站在老家小南庄河南，不用挪步子，抬头就能在南边、北边和西边的天际线上，清楚地看见高矗的大风车。县城的朋友又告诉我，除了附近我看到的，还有远处的，我们县的柳堡、山阳农村也有一批这样的大风车。全县加起来，风电项目总规模已达 673 兆瓦，投资约 58 亿元。光伏项目已达 797 兆瓦，投资 50 多亿元。也就是，两项投入超过了 108 亿元。

望着乡村天际线上的铁塔、大风车，望着大风车上硕大的“深圳能源”四个字，我这个在这块土地上生活了近七十年的小南庄人，百感交集。

乡村是资源丰饶的地方，但乡村也是资金稀薄的地方。振兴乡村，就要大力开发宝贵资源，让资源变成财富。而这，必须有大量资本注入。仅凭老乡们口袋里的存款，是远远不够的。乡村振兴并非乡村自身之事，单靠乡村自己难以全面振兴。因此，要振兴乡村，务必独具慧眼，积极招商引资，千方百计地吸引城市工商资本下乡。城乡工农联手，乡村振兴才能演出大戏，做出大文章，乡村天际线，才能不断有新的攀升。

原载于 2021 年 3 月 6 日宝应生活网

田埂上的飞机

八月底的一天上午，十点钟左右，我正在书房临摹我钟情的张猛龙碑文，忽然屋后传来一阵嗡嗡的声音。接着有人说，“无人机打药了”。

无人机这种新鲜事物，自我听说起已经有两年了，但还没有亲眼见过。我像赶热闹的孩子，丢下功课，兴冲冲地来到了田头。

本村 100 多亩稻麦田，大部分流转给了外村一位 50 多岁的汉子。前两年他还用弥雾机喷药，今年就用上了无人机。

机主张金海告诉我，小飞机购置费 7 万多元，政府补贴一部分。一架飞机一天最多可以打 700 亩地。防治范围事先在电脑上设定好，夜晚没有照明也能飞。防治一次每亩地只收 5 元钱，比人工打药划算、效果又好。今年，在按次收费的同时，他还摸索新的合作方式，即与农药经销商以及种粮大户签订三方合同，按季收费，一季水稻一亩地 90 元，防病治虫一揽子承包。这样，三方更省心省力，更有利于稳产高产。

张金海还告诉我，他与另外两位机主联手，总共承包了 5 000多亩稻麦的防治工作，基本上是种粮大户的稻麦田。他自己也有 80 亩流转土地，也算种粮大户。他原来经营海鲜，现在感觉从事无人机植保工作更有奔头。

就在我们说话的个把小时工夫，村后这片 60 亩地的防治工作结束了。望着喷完最后一趟药，稳稳地停到机主面前田埂上的小飞机，我这个“老农”感慨颇深。

15 年前，我承包了 150 亩稻麦田。当我第一次在电视上看到电动喷雾机时，很是兴奋，第二天就赶到汜水镇买了一台。试用后感到比手动的省劲了许多。

不久，我听说有了汽油弥雾机专业队伍，专门给大户服务，防病治虫。我们便与专业队伍进行了合作。因为一些年轻人心高气傲，不大愿意严格执行防中毒的规定，专业队伍人员农药中毒时有发生，所以，一旦请人打药，我的心就悬起来好几天。

一年后，在县农业局的推荐下，我们从县农技推广中心购置了一台“黑猫”牌打药机。这台无锡产的、出口转内销的打药机，由动力装置和喷药装置组成，一台汽油机连带着一台水泵安放在一副担架上，两个人一抬就走。把它放在田埂上，接出去一根 2 厘米粗、50 米或者 100 米长的皮管，再接上喷枪，喷出的细雾可达 10 多米远。三四个人两天就可以把我们 150 亩稻麦田喷一遍，质量好、轻松又安全。承包 8 年，“黑猫”一直陪伴着我们，成了我们的老朋友。因为它先进，一般农户家又没有，每到我们用它打药的时候，总有人来观望，“黑猫”也就风光了好几年。那时候，如果遇到还在用背负式弥雾机的种粮大户，我总会不厌其烦地向他大力推荐“黑猫”。

无人机的到来，让我想起了小时候学割麦的情景。记得那年放忙假，就在我们今天站立的田头，我第一次学割麦。爷爷听说我要学割麦了，严肃地对我说：“我们小时候学割麦，大人就教我们，割麦割稻茬口一定要低、要平，这才像样子。东头大爹爹割的茬口就是这样的。茬口要低、要平，就得把腰探下去，不能撅着屁股。”

我们的祖辈当农民，花几年时间学会割稻、罱泥、掼麦这些主要农活，就能成为一个种田“好把式”。可是现在的人呢，面对的新工具、新材料、新技术层出不穷，而且更新周期越来越短。如果不能持续学习，及时了解先进的科技成果、前沿的科学技术，是成为不了一个合格农民的，也不能把田种好。

前两天，我在手机上看到两则消息，一则是江苏省新成立了一所农牧专业的大学，另一则是县里出台补助和奖励政策，从高三学生中招收10名“定制村干”送江苏农林职业技术学院深造。国家在农业方面出台的利好政策，让人听后很是欣慰。

我们要弄懂“无工不富”的道理，我们也不能忘记“种田大有学问”的道理啊。

原载于2021年3月9日宝应生活网

秸秆情仇

小时候，老家做饭用的是老虎灶。我家的老虎灶有三口锅，里锅最大，口锅最小，日常煮饭煮粥都用“尺四”的中锅。每到做饭，妈妈总会往里锅和口锅里舀两瓢水。一开始我感到莫名其妙，后来也渐渐习以为常了。也想通了那是为了不让中锅的余热散失，节省柴草的用量。在中锅跟里锅之间，靠近灶膛处，有一口汤罐，谁做饭时“干烧”（没有添水）了汤罐，少不了要挨训。汤罐干烧，晚上哪来热水洗脚？

兄妹四个当中我是老大，当火头军的年头最长，对于添柴的量很有经验。灶上炒韭菜，我会用火叉把灶膛里的柴火尽量拨开；锅里摊饼，我则少少地添柴，并且用火叉将柴火压住；我还能根据锅里声音的大小，判断还有多长时间“锅开”，然后提前抽出着火的树棍，插进隔壁灶膛的冷灰里，让它熄灭，不白烧；我更知道每次添草，总要尽量将草推到灶膛里锅脐下烧，不直接进烟囱，省柴火。因此，我多次受到母亲表扬。然而，遇到梅雨季节，我也曾许多次一筹莫展。那个时候，“莳里栽秧赶上趟”，生产队的全部劳力都集中在水稻栽插上。割下来的麦子还垛在场上，顾不得脱粒，也就不可能给各家各户分麦秸。而此时，烧了大半年的草堆所剩无几了，加之连续阴雨，草堆已看不到一点干斑。这时候当火头军真的是苦差。

记得有一天烧中饭，看到灶膛边的柴草大多受过潮，干的只有几小把，我便特小心地拣出干的，先将一把潮的放进灶膛，然后再将干的柴草插到下面，火柴点着后，我就用火叉小心地挑起灶膛里的草，目不转睛地盯着灶膛里的火苗。当干柴慢慢烧完而潮草没有被点着时，我赶紧把头凑近灶膛嘴，对着潮草轻轻地吹气。因为湿气太重，任凭我怎么吹，就是不见火苗。灶膛里一阵阵浓烟喷出来，呛得我泪流满面。我耐着性子又试了好几次，把仅剩的几把干草用完后，灶膛里的火仍然没有点着。摸着被烧焦的头发，我着急了，气急败坏地喊了起来："烧不着！怎么弄啊？"

稍过片刻，只听厨房外传来妈妈的声音——"把腿伸灶膛里烧！"

连续多日起早贪黑栽秧，母亲手烂脚烂，脸肿腰疼，可全家七口人的汗衣裳正等着她手洗，她没有片刻休闲，但毫无怨言。我吓得不敢再吱声。我听得出来，妈妈的这句话，并没有多少对儿子的责怪，更多表达的只是物资极度匮乏的年代，底层人的一种自嘲与无奈。

那时乡下没有电，没有液化气，也没有煤炭炉，就靠秸秆生火把吃的煮熟。在乡下人眼里，稻麦秸秆金贵得很。那时的口号，除了"颗粒归仓"，还有"寸草上垛"。

出乎意料的是，我去部队兜转了一圈，十多年后再回到家乡，当年很金贵的秸秆在乡亲们眼里变得一文不值了。没有人再愿意把秸秆弄回家烧火做饭了。因为辛辛苦苦捆了一天的草，也烧不了几天，如果把捆草的时间去打工，一天的工资能买一罐液化气，能烧一个月。

于是，秸秆多得成灾，在田间放火焚烧成为首选。一旦收麦，乡下城里到处弥漫着烟火味，汽车看不清高速公路，飞机找不到着落跑道，非常影响人们的生产生活。再到收获季节，政府就采取了措施，到处张贴禁烧标语，戴着禁烧红袖章的执勤人员也日夜在田间地头巡逻。

害怕被派出所找去谈话，人们不敢再烧，只得起早贪黑把秸秆归成垄，再用大的塑料布把一堆一堆的秸秆拖出田间。老人来不及干就把城里工作的孩子喊回来帮忙。结果圩上、渠边的秸秆堆积如山。

听说有公司要来回收秸秆，干部群众都非常高兴，然而这个消息很快就没有了下文。秸秆回收面积广、量大但时间非常紧迫，如果投入的机械太少，就如同杯水车薪，起不到什么作用，但如果大量投入机械，在回收工作完成后，这些机械又长时间闲置，无法获得效益。

让我印象最深的一个好消息是，有一天我在电视上看到，本县一个地方运用镇压法，有效解决了秸秆焚烧问题。忧国忧民的我非常兴奋，第二天特地前去参观学习。结果却令我大失所望。

设计者的想法是，麦子收割后使用大马力拖拉机旋耕，然后上水，再用旋耕机进行旋耙，同时后面加一副木耙。通过这种方式将秸秆按到十公分以下的泥土中，不影响插秧。

然而，收割机将麦粒脱下以后就将秸秆抛出，其中大部分秸秆是完整的，长度至少有 50 厘米。按“一斤粮食一斤草”计算，一亩地有 400 公斤左右长 50 厘米的秸秆，旋耕机在镇压时，往往上一耙将秸秆的这头按进泥土里，下一耙又将秸秆的那头拽出了泥土。真是做了无用功！

直到有一年，农机局的一份文件让我看到了希望。文件规定，对跨区作业的收割机逐一审查，没有切碎装置的小马力收割机一律不允许下田作业。结果，秸秆在抛撒之前，全部被新安装的切碎装置切成 10 厘米以下的小段。这么短的秸秆，经旋耕机一压，绝大部分进了土层。栽秧再也不受影响了。

看到每年两千斤左右秸秆烂到田里，土壤越来越松，地力越来越好，人们又恢复了对秸秆的喜爱之情，禁烧秸秆便成了人们的自觉行动。

几十年的秸秆情仇，让亲历的人满怀感慨。如果我们没有切实解决秸秆严重影响下茬生产的问题，禁烧必然面临巨大阻力。

当我们下气力研发切碎装置，让秸秆变废为宝，不再妨碍下茬生产，也就抓住了主要矛盾，秸秆焚烧的问题自然迎刃而解。

这让我悟出一个道理：搞现代农业，必须学习科学技术，同时更要注重领悟科学思维、掌握科学方法、按照科学规律办事。

原载于2021年3月11日宝应生活网

可喜的得而复“失”

运行在集镇与村庄之间的公交车，是名副其实的老人车。除了逢年过节，乘客十有八九是老头老太。近两年，在这趟老人车上流行着一个最热门的对话，情况是这样的。

“田还在手里啊?”

“丢掉喽。没办法，儿子吵煞喽。”

“唉！年岁不饶人啦。丢掉也罢。好在新的政策让人放心。”

外人不一定能听懂，退休后住在乡下老家的我一听，就知道说的是土地流转。而且，我还能听出老人的不舍之情。

老人的对话，让我许多次想起我的爷爷。20 世纪 50 年代我出生在农村，爷爷的牛屋就是我的幼儿园。爷爷七岁丧父，家里只有一亩七分地，他十四岁开始罱泥，每年冬季农闲去江南砍山草挣钱，一个铜板一个铜板地积攒，将家里的地逐步增加到了二十多亩地。我跟着爷爷一起放牛，走过现在已是生产队的，但过去属于我家的地块时，许多次看到爷爷呆呆地望着地，忘了牵牛，也忘了照看我。那时我看不懂为什么，等我长大后，想起这些情节时，我突然明白了，爷爷是不舍他辛苦挣得的土地啊。爷爷不识字，不会表达，但他的言行举止清楚地告诉我，土地是农民的命根子，农民爱土地胜过爱自己。爷爷在我心中的形象也变得更加高大。凭着几十年的辛劳实现阶层跃升，爷爷此生值得！

爷爷对土地的感情，深深地影响着我。1980 年，我在野战军某师部当干事。一次会议上，一个团在汇报中谈到一件事：淮安农村已经开始搞大包干。这个团驻在当地的一个连队，他们请来村干部给连队做了介绍，并组织了讨论。团里的汇报就这样简单的几句话，与会同志听了没有过多反响。而参加会议的我，本来就密切关注着当时的农村改革，打心眼里为这个改革叫好，连队的做法一下触动了我的敏感神经，会议一散，我就向领导请示，前去实地专题调查。没几天，原南京军区政治部政工简报，转发了我调查整理的这个连队及时帮助干部战士正确认识农村改革的经验。我们师也推广了这个连队的做法。

30 年后的 2012 年，我成了退休老人，乡下老家成了我与老伴常住的地方。老家小南庄，紧挨着一望无际的芦苇荡，这里有丰富的负氧离子，静谧，人际关系简单，保留着儿时的味道，让我感到身心愉悦。然而，住下不久，伤感悄悄袭来。30 年前大包干时的青壮年，如今全部超过了 60 岁，而那以后出生的孩子，没有一个留在本村。“去年，一袋小麦还能拿上肩，今年不行了。”是我不断听到的叹息。更让人伤感的是，一年到头，听到最多的音乐竟然是哀乐。年轻人在向城市流动，老年人则沉淀在农村，这里成为老年化最严重的地方，人口减少速度自然也是最快的。更难堪的是，种田后继无人，这让我不由得忧虑起来。

小南庄有 30 几户人家，姓氏多达 7 个，据说他们大多是为了逃难才来到这里的。近百年，人们养成了重视教育的好习惯，先后培养出了 30 多个拥有大专以上学历的人才。每逢春节，后生们带着他们的子女回到小南庄，当被问到愿不愿意回来种田时，他们无一例外都露出惊讶的表情，头摇得像拨浪鼓一样。倒是有外地人愿意转包这里的土地，可是，许多人害怕土地被“拐”，这种转包业务也就没有谈起来。看着 80 多岁的老婶子，她的腰弯成了直角，还拄着拐杖下水田薅草，那颤颤巍巍的样子，让我不禁泪目。在我心里，早就主张土地流转，规模经营。然而，看到大家对土地的不舍，我又不忍心责怪他们。与我同时代 70 岁以上的同乡，在土地上前后已经历了好几次的“得”与“失”，多多少少留有阴影。1947—1952 年，华夏大地全面推行土改，推翻了封建土地所有制，农民分得了土地，举国欢腾，农业生产力得到大解放。然而，时间不长，1954 年，中国开始推行互助组、初级社、高级社等组织形式，土地逐步实行集体经营。1958 年，则推行了人民公社制度，该制度采用“三级所有，队为基础”的模式。在这一制度下，土地离农民越来越远。20 多年后，面对几亿人种田却吃不饱肚子的现实情况，土地承包责任制应运而生，土地才又重新回到了农民手里。对土地，农民怎能不倍加珍惜？

2014 年，是农民值得特别铭记的年度。这一年，“三权分置”的喜讯从北京传来，全国人大通过法律形式决定，将土地承包经营权分为承包权和经营权，实行所有权、承包权、经营权分置并行。这一机制是继家庭联产承包责任制后农村又一重大制度创新。农民如果自身没有耕种某块土地的计划，可以与相关方面协商确定好土地的租用年限以及租金的最低标准。在此过程中，法律机构将对土地使用进行监督，确保整个过程的合法性和公正性，同时镇村干部也会参与进来，对招标过程进行规范和管理。这让在家种田的老人和在外打工的青年，一下子消除了顾虑。

小南庄的 100 多亩地，三年前就已经大部分流转给了一个种粮大户。“失”地的老人过起了城里人一样的生活，大家都密切关注起自己的血压、血糖和血脂，养成了晚饭后散步的习惯。种粮大户则说，你们小南庄的 100 多亩田，有一两户耕种，足够了。一家有个 50 亩以上的田耕种，就有稳定可观的收入，还何必外出打工？收割机主似乎更高兴。他说，原来一家只有二三亩地，收割起来真让人头痛，开机收割的时间没有停下来核实田亩、讨价还价、清扫车斗的时间长，再先进的机械也跑不出快速度。

“大包干”让农民“得”地，激发了扁担和镰刀的潜力，“三权分置”让部分农民“失”地，却激发了联合收割机和植保无人机的效能。然而要在 21 世纪中叶实现农业现代化，仅仅依靠“大包干”和“三权分置”是不够的。随着时代的发展，农业面临着新的挑战和机遇，这就需要我们不断深化农村改革，顺应时代发展潮流，创新体制机制，以与先进的农业生产力相互匹配，才能真正实现农业现代化的目标。

原载于 2021 年 3 月 16 日宝应生活网

水　缸

从我有记忆开始，我家的厨房里就有一口大水缸。只有在1958年吃大食堂时，大水缸才空了几个月，其余时间一年到头不缺水。

那时候，我的奶奶已经去世，爷爷和我父亲有着明确的“男主外”思想，不大过问厨房里的事。一年四季，每天清晨，母亲总要将水缸装满水。夏季雨后河水很浑浊，拎回来的水需要用明矾净化后才能使用。后来，我逐渐长大，眼看母亲赶在生产队上工之前要做饭、扫地抹桌、洗衣服、喂猪，实在太忙，便主动帮妈妈拎水。记得刚开始用水桶拎水时，我还不能像大人那样，直起身子，让水桶不靠身体往前走，而是要让身体使劲偏向拎桶的一侧，并让水桶贴在腿上，一步一顿地往前走。这样一来，裤管经常被打湿。

上中学住校后，每周末回家一趟，离开前，我都会把水缸拎满水。因为二弟小我3岁，妹妹小我6岁，我怕他们还拎不动一桶水。其实妹妹很能干，十一二岁就成了妈妈的得力助手。

20岁入伍离家，6年后回家探亲，听到了一件骇人听闻的事，隔壁生产队的几位身强力壮的男子汉几年内相继生病去世。在寻找原因时，许多人说，这个生产队吃的是“死沟头”的水，农药残留很重。

从那时候开始，大家纷纷开始打土井。打土井需要请专业人员，花费百十元，就能用上十几米深的水井。对新水井猛抽几天泥浆水后，井水就变得很清了。可是，人们很快发现，井水烧开后锅里会留下一层厚厚的水垢。在医院工作的本村人说，这种水的杂质含量高，水质偏硬，不符合标准饮用水的要求。因此，在外工作的儿女总会叮嘱父母，不要舍不得用电，煮饭烧菜用的水先要烧开，让更多的杂质沉淀下去。

再回家探亲时，发现人们不再用自家打的水井了，村里打了一口深水井，管道通进了各家各户，水质明显提高。就在大家感到心满意足的时候，镇里办起了自来水厂，打了更深的水井，水质又上了一个台阶。

让人意想不到的是，三年前，离县城最远的地方——我的老家小南庄，也用上了由县城自来水公司从百里之外的宝应城输送来的干净自来水。不管是人口集中的庄台，还是零散居住的人家，都用上了自来水。

已经在县城退休的我，每次下乡回老家后就不想回县城。

在农村，蔬菜新鲜，环境幽美，空气清新，原来饮用水稍有欠缺，如今也变好了，大水缸早就躺在屋后成了闲置品。当谈起农村生活，我经常会自豪地对城里朋友说，我和县长吃的是同样的自来水。

人体70%以上的物质是水。水的卫生安全，对人的健康太重要了。农民是生活在最基层的群体，是数量最多的群体，也是居住最分散的群体，让农村人口吃上清洁水，无疑是很费气力的事。现如今做到了，井水变成了优质自来水，我时常觉得，我们应该感恩，应该珍惜。

2021年3月10日

老　屋

老家的老屋，入伍前住了 20 年，是我记忆中印象最为深刻的物件。退休后，我又在老屋住了 10 年，对它的感情越发深厚了。

老屋所在村落小南庄，在宝应县的最东边，只有 30 几户人家，紧挨着秀美静谧的兰亭荡。80 年前爷爷初建它的时候，是四合院。虽说是草屋，但是，主屋“四角硬”“国牌山”“泥土籽子屋面”，属草屋中的精品。

说到老屋，最先想到的就是那盏罩子灯。20 世纪 50—60 年代，我们乡下普遍用小煤油灯照明。煤油被人们习惯叫作“洋油”，是拿鸡蛋到供销社换的。一根布条做的灯芯，穿进薄铁皮卷成的灯管，插进装有煤油的墨水瓶，就成了灯。我家有一盏罩子灯，它的灯芯不是自制的，是从商店买的，有一厘米宽，罩上玻璃罩了，比墨水瓶灯亮堂许多。

在乡下干农活是很辛苦的，尤其在夏秋两季大忙时。不过，如果没有遇到特别瞎指挥的生产队长，大伙还是能够享受到或长或短的冬闲的。到了那季节，每到傍晚，父亲总会把灯罩擦得锃亮，把灯芯剪得齐整整的。有时，我会抢先擦灯罩，总觉得罩子灯是奢侈品，家里有它风光，擦灯罩也成了一件光荣的事。我会学着父亲的样子，擦之前，先捂住灯罩的一头，在另一头哈上几口气，然后再擦。无奈手指太短，不管怎么使劲，灯罩内上半截接近收窄变细的位置，总是擦不到，留下一圈黑杠，非常难看。做事讲究的父亲会补擦一下。

罩子灯一亮，老屋的夜生活就开始了。八仙桌紧贴堂屋东墙，八仙桌北面是父亲的专座。父亲念私塾到 19 岁，是乡里有名的大队会计，也当了一辈子会计。他用蘸水笔写的阿拉伯数字精瘦、右倾，辨识度很高。有一年大队搞决算，为了一分钱的误差，他硬是带着几位生产队会计重新算了两天，直到水落石出。

我们兄妹四个，把餐桌向东一抬，靠上八仙桌西面，然后紧挨着坐在餐桌边。那时，我们没有家庭作业，为了显示自己勤奋用功，便多次翻阅从同学那里换来的残缺不全的小说《苦菜花》和《野火春风斗古城》，还有《三国演义》《水浒传》《杨家将》等连环画。《暴风骤雨》也是在罩子灯下看完的。

八仙桌南面是母亲的位置，桌上放着针线匾，母亲不是补衣服，就是纳鞋底。

灯的外围，坐着爷爷和串门的左邻右舍。东头大爹爹比我父亲大不了几岁，但跟爷爷同辈，加之他是村里的农活高手，前两年大队奖励劳动模范，他获得了最高奖——一根桑树扁担，因此他来的时候大家都给他让座，可他从不落座，倚着大门东边的墙站着。瞎二爷来得最勤，除了天太冷时要关门，他平时习惯坐大门槛上。西边二姑喜欢靠我母亲坐，一边听说话一边看母亲做针线活儿。因为母亲的针线活在村里是数一数二的。“土改”之前，没有亲戚关系的二姑家与我家曾共同养了一头牛，并共用一个草堆，合伙多年一直和睦相处。有时她家晚饭迟，她就端着粥碗过来，吃完后碗一放，也不急着回去。二奶奶多坐西门槛上。妹妹是她带大的。

堂屋东墙上挂着方盒子广播喇叭，不停地播放新闻，讲述着国家和国际上的事。由于觉得跟自家没有直接关系，加之不大听得懂，于是它播它的，大伙并不入耳，继续拉着家常。而晚些时候播放的淮剧抑或是《拔根芦柴花》，大伙听了会夸两句。

不到九点，广播关了，串门的便会散去。母亲见我们小孩老是张嘴打哈欠，就逐一赶我们回去睡觉。我们的童年挨过饿，是很不幸的，但我们从不缺觉，也算是幸运了。

儿子是40年前在老屋出生的，读了十几年书后，离开老屋，到省城学习、工作、组建小家庭，定居在了省城，住上了比老屋大得多的“楼中楼”。我很喜欢那漂亮的楼宇，然而，外出时满街的高冷面孔，上下楼邻居之间的互不串门，让我住不了几天就想要回我的老屋。老屋每天的“你早！你好!”会让人爱意充盈；我端给你一碗汤，你送给我两把菜，会让人不断感受到善意。其实，对城市满眼的高冷，我并不厌恶，甚至充满同情。我知道，他们中许多人被“996”所困扰，深陷在挣脱末位淘汰、挣脱阶层固化的内卷中，实在无法表现出悠闲。而这并不是因为他们贪婪，大家都生活在遵循丛林法则的地球村，都被市场经济的大潮所裹挟。市场经济带来活力的同时也会不可避免地造成伤痛。我相信，我们有优越制度，有市场以外强有力的另一只手，我们不会允许资本无节制地追逐利润。

每到隆冬，太阳南移，其他季节进不了堂屋的阳光，会在隆冬晴朗的早晨光顾我家堂屋，从堂屋大门直达西房门，形成一块两个簸箕大的金色地带。那是爷爷打草鞋、搓草绳的特区，父母亲不让我们抢占。

尽管屋檐上挂着一尺长的冰凌，屋里有一片金色的阳光，也让人感觉暖和了许多。我们会把下雪前从屋前屋后树梢上摘下来的老扁豆拿出来，围着炉子炸米花。有一年的一天，爷爷喊我坐在他身边，很郑重地要我跟他学打草鞋。因为我是长孙，爷爷要亲自教我。爷爷绝对是生活强者，他7岁丧父，家里只有一亩七分地，然而到他50岁时，家里已经有了20多亩地，成为富裕中农。爷爷更让我钦佩的地方是，除了地里活都做得好，盖屋、做板凳、砌猪圈、打蒲鞋，他也样样精通。在爷爷手把手辅导下，我用两个半天，掌握了打草鞋的动作要领，还完成了一双草鞋作业。

几十年后的某一天，我去省城看孙子，在一个小区门口闲站，无意中发现，不到一刻钟，先后来了 5 个外卖小哥，车一架，拎着外卖包急匆匆地钻进了楼道。他们让我顿时想起在老屋那块金色三角地带，爷爷教我打草鞋时讲的一个故事。财主儿子又懒又笨，一天父母外出，给他烙了一块大饼，套在他脖子上，让他自己照顾自己。谁知道几天后回来，儿子已经饿死，他吃完了胸前的饼不知道把身后的饼转过来。

现代化让社会分工越来越细，年轻的农民也不再会搓草绳打草鞋，不再会人工割麦、扬场。分工无疑提高了效率，但是，无限的细化到底是人类的进步还是退化或异化呢？凡事有度，社会分工也应该有分寸。在所有人脱贫以后，如果再大力开展终身教育，大力弘扬勤劳手巧的民族传统，让所有青少年都能健全成长，都能具备必要的生产生活技能和为人素养，涌现出大批技术精湛的能工巧匠来，使更多平凡人拥有主人翁成就感，那我们的社会一定会更加美好吧！

在乡下待惯了，总感觉乡下夏天比城里长。出汗多的乡下人喜欢吹风，特别厌倦空气不流动的“闷”，有条件的人家总要搭一间只有屋顶没有围墙、八面来风的敞棚。我家老屋东南角就有敞棚，我们叫它“小厂”，一年当中有半年时间全家都在“小厂”里吃饭。这里没有供菩萨，玩起来更无顾忌，也就成为我们最难忘的儿时乐园。

初夏的夕阳里，老屋窗外飘来广播声，县里又在催促市民接种新冠疫苗。响亮的声音，让我再次为人民至上的国家而自豪。同时，对这座养育了我家几代人，教给我们善良、勤奋、知足的老屋，又新添了一份浓浓的爱。

原载于《宝应日报》2021 年 6 月 19 日第四版

老家的金针菜

我老家小南庄在古邑宝应县最东端的兰亭荡边上，由三十多户人家组成。我家祖屋坐落在村子东南角，是一个四合院，虽然现在没有一块瓦了，但在八十年前，绝对算得上豪宅。祖屋的方向是坐北朝南，门前的菜园子、猪圈一直延伸到几丈开外的河边。屋后的菜园子也是延伸到几丈开外叫后沟的又一条小河边。紧挨着后沟的南边，是一块柴席大小的韭菜墩子。韭菜墩子外口，朝向水面地方，种满了金针菜。

从记事开始，每年夏天，隔不了几天，母亲就会把含苞待放的金针菜摘回家，放在筛子上晒两个大晴天，然后放进淘米箩子里挂到锅屋二梁上。这是我家冬天包驴打滚的特色馅料，全村只有两家有。

小时候，我特别爱吃黏的东西，六个驴打滚不在话下。因此，照看金针菜我总是格外上心。给韭菜施肥的时候我总会给金针菜也来两勺，给韭菜浇水也不会忘了她。其实金针菜耐旱，给她浇多了水也是徒劳。

在我二十岁的时候，我参军去了部队，后来我的两个弟弟也陆续离开了小南庄参了军，并且都留在了部队。农村人口少了，我家屋后的菜地也就被调整给了老李家做宅基地盖了楼房，河边的韭菜墩子也划归他家被改成了鸭舍。打那以后，我就再没有去过那里。金针菜也被尘封到了我记忆的最深处。

退休后回到老家的一天，我在老屋里码字，想起了外公。外公是捺笼罩捕鱼的高手。一年有大半年时间外出捺笼罩捕鱼。他一共有三个小孩，我母亲老大，是他唯一的女儿。在我母亲十二岁时，我二舅刚出生不久，外婆就生病去世了。此后我母亲用她那稚嫩的臂膀撑起了全家的家务。因为对女儿的疼爱，外公外出捺笼罩回来的时候，总要走弯路到我们家看看我们，对我们兄妹格外地宠爱。他看我对捺笼罩好奇感兴趣，特地安排半天时间让我上船给他撑艄，教我在笼罩上提时向前撑，在笼罩下按后稳住船只不动，又教我要看着他的笼罩提上来后所指的方向，笼罩偏向哪边就意味着他看到的那边有水草，也意味着那边可能有鱼，撑艄的人就要及时让船往那边去。外公还留我在他捺笼罩的小木船上过夜。浪花拍打枕头下船底的声音，至今还那么清晰。更不能让我忘记的是，在我上学后的那年秋天，在外出捺笼罩返程的路上，外公特地走弯路来到我家，给我带了一支在外地购买的钢笔。钢笔的笔身是红色的，让我爱不释手。遗憾的是没几天，在我给韭菜浇水时，钢笔掉进了河里，捞了半天也没捞到。

顺着绵延的思绪，我信步踱出书房，来到屋后，打开老李家的菜园门，来到了久违了的韭菜墩子旁。

本来只想看看丢失钢笔的后沟，万万没想到，在杂乱的草丛中，我一眼瞥见了一片不同于野草颜色的淡绿，定睛一瞧，竟是几片鲜嫩的金针菜叶片。哇！上一次跟她照面，还是四十五年以前。真的没有想到她还守在小河边。突然的不期而遇，让我瞬间怦然心动，眼眶里溢出了泪水。我蹲下身子，拨开杂草，凝望着她那已被遗弃了几十个春秋，瘦弱憔悴却仍然泛着绿色的身影，我思绪万千，久久不愿离去。

金针菜是什么时候来到我家的，我已说不清楚。有一点可以肯定，她不像芦苇或者蒿草是我们水乡当地的野生植物，因为年轻时每年夏季砍旱草，周边数十里都被我们跑遍了，从没见过野生的金针菜。她肯定是“外来移民”。我家还有一样东西，在偏僻的水乡也是少有的，就是我家屋前的一棵茶树。这让我联想起小时候，爷爷常给我们讲的一个故事。为了挣钱买地，从十几岁开始，每年秋天一种完麦子，爷爷就去宜兴的张渚砍山草卖钱，到来年春耕才回家。爷爷硬是凭着几十个冬天一刀一刀的砍山草，我家才有了二十多亩地。再联想到我当兵在皖东的时候看到过野生的金针菜，还曾和战友们上山采摘过，我估摸这两个外来贵客，很可能就是爷爷从苏南山区带回来的。她们寄托着当时很贫穷但很年轻的爷爷对生活的热爱和对美好未来的憧憬。

我已打好主意，这次再离开老家时，我一定不会再撇下金针菜。我要带上一株，悄悄栽植到我居住小区的绿化带里，让她与我们朝夕相处。

2019 年 11 月 20 日

开山种油茶是上策

5 月 17 日，《晚安宝应》曾发表过我的一篇短文《油茶梦》。前几天晚上在公园散步，碰巧又听到了一班老人对这一话题的议论。像是遇到了知己，油茶梦再次涌上心头。

国家重视粮食安全，强调中国人要把饭碗端在自己手里，这真正体现了人民至上。国家若缺乏粮食，挨饿的首先是普通老百姓。粮食作为第一位的战略物资，即使外国粮食再便宜，我们也必须要立足于自己种植，实现立足自给，不能依赖进口。否则，一旦老外翻脸，我们的脖子就会被卡住。

目前，我国的粮食安全得到了保障。但是，大豆 85%依赖进口，年进口量高达一亿吨，这个数字大得让人心里发慌，大豆可是油料的主要来源之一。一个家庭，即使米缸满盈，但油瓶空空的，也让人心里不踏实。没有油吃虽然不会饿死人，但是对生活质量的影响可就太大了。

今年以来，农业部门加大力度，扩大大豆、菜籽种植面积，让人很高兴。可是，我国的耕地太少，总共 18 亿亩，一人才一亩多一点，要长出一亿吨大豆来，得用上四五亿亩土地。大豆菜籽长多了，玉米小麦的总产就要下来，粮食又要出缺口了。不能顾此失彼，这棋实在难下啊。

从我国的国情看，我认为开山种油茶是上策。茶叶和苹果可以少种一点，能进口就进口，进口不了老百姓可以少喝一点茶、少吃一点苹果，心里不会慌。但是没油下锅不行。所以，建议国家通过政策引导，控制茶叶和水果的生产，把有限的土地用于大力发展油茶。油茶是我国特有的木本油料作物，是上帝恩赐给我们的宝贵财富。全国政协原主席李瑞环退休之前，在其著作《学哲学用哲学》中曾多次强调发展油茶。我们应该充分理解他的战略远见。

利用现有空地，可能无法完全填补巨大的缺口，我们可以在华南地区气候适宜种植油茶的地方，划出一部分低产林地来用于改种油茶。油茶是常绿树种，改种油茶依然可以实现绿化，不会破坏生态。其实，2014 年，国家下发过《关于加快木本油料产业发展的意见》，并且提出到 2020 年实现种植 2 亿亩木本油料植物、年产木本食用油 150 万吨的目标。

如果要想达成目标，我认为要像国家在西部沙漠地区大面积建造风能、太阳能发电那样，把改种油茶作为一项战略任务。与扶贫结合，与改造石漠化结合，制定资金扶持政策、油果价格兜底政策、以工代赈政策。像当年建设"大三线"那样，像再建塞罕坝那样，建出三五亿亩油茶林来。

油茶树每亩可以种植 100 株左右，三年挂果后，每亩盛产期可年产油果 200 公斤左右，产油 45 公斤左右。其亩产油量与大豆相当，而茶油品质则更优。此外，油茶树的盛果期可达 50 年。如果我们拥有五亿亩油茶树，每年可产 1 000 亿公斤油果，那么在油料问题上，谁也卡不了我们的脖子。只要有足够的粮油和猎枪，我们就谁也不怕！

面对复杂形势，国家高瞻远瞩，提出国际国内双循环，创建"第三资本池"，引导资本下乡，积极投入乡村振兴，这一举措十分明智。如果国家能引导资金下乡上山，在气候适宜的云贵山区，将愚公精神与无人机结合，炸坑移土，改造出大量石漠化山地，种植油茶，打造一个国家级食油基地，必将会在粮油安全、生态建设、吸纳就业、做强实业等方面，一举多得。

不知这些观点是否具有一定的可行性，一个普通人的家国情怀，还是让人心动的。如果看官中有代表委员，且觉得以上观点有一定道理，不妨向上头农业部门反映一下。本人不胜感激。

原载于2022年9月13日《晚安宝应》

第二辑　学海无涯

十六年时间里，我家农场先后种植了120亩杨树（10年）、150亩稻麦（8年），混养了400亩藕虾（9年），其间还搞了平菇、双孢蘑菇等食用菌生产，没有出现太大的失误。这让我越发深切地体会到，种田大有学问，种田有大学问。要想把田种好，必须老老实实地学习农业知识，真真切切地掌握农业科技。

农学文凭最珍贵

1984 年，经过四年苦读，我终于考完了全部自修大专课程，拿到了江苏省党政干部专业毕业证书。我当时在师级单位的组织科，后被调到军级单位的组织处。与我一起的那批 30 岁出头的军官，一个比一个聪明，他们后来的发展证实了这一点。在师政治部一二十个年轻人中，出了一名上将、两名军级干部和好几名师级干部。这批 50 年代出身的年轻人，小时候大多做过大学梦，但是被“文革”耽搁了，骨子里都有一股强烈的求知欲望。所以自学大专毕业后，大家就毫不犹豫地报了“专转本”，向本科进发。我在这支自学队伍中算得上是积极分子，成绩也比较好，第一门哲学考分全师第一，第二门形式逻辑也名列前三，大家自然地以为我会跟大家一起上本科了。然而在续读的“专转本”名单里一直没有见到我的名字。

原来事情是这样的：自学大专毕业后，正赶上年迈的父母亲相继生病。那段时间每天晚饭后，我都会在徐州部队驻地旁的黄河故道边徘徊，一遍又一遍地思考着一个重大问题，最终做了人生的一个重大抉择：父母年迈多病，又故土难离，而我们弟兄三个都在部队，我作为老大只能提前转业。30 来岁到了地方，总不能虚度光阴。我出身农村，对农业情有独钟，我想我应该投身到农业领域中去。所以，现在我就要把学习的重点转移到农业上。

在一个星期天的下午，我终于找到了一条学习农业知识的新途径。在铜山县农业局，工作人员告诉我，国家设立的中央农业广播电视学校设有中专农学专业，该专业包含八门课程。学生平时可以分散自学，学校定期给学生集中辅导，每年举行两次统一考试，比较适合边工作边学习的成人报考。正在上幼儿园被我带着兜风的儿子，听不懂我跟人家的对话，回家的路上，坐在自行车车杠上一个劲地问："爸爸，什么是农校?"一个集团军机关年轻军官到地方农校学习农业，总觉得有点别扭。我担心从儿子嘴里泄露出去会让人不理解，给学习带来不必要的干扰，于是便给儿子撒了个谎：给小叶叔叔（指他认识的营房门口值勤的战士）学文化的学校。

在农学专业的同学中，我是缺课最多的一个。因为学校给我们集中辅导时，除了周末授课我能到校外，其余时间因为繁忙的本职工作，我很难到课，但我不甘落后。一旦缺课，我便利用周末和下班后的时间去看同学的课堂笔记，看不懂的再请老师开小灶。大概因为我的身份特殊，同学和老师们对我十分关照，特别是高元计老师，他除了对我的请教有问必答外，还专门为了我的学习给我写过几封信。那三年，我持续保持着前几年自学的劲头，星期天，除了工作加班就是去农校或者自学。晚上 12 点钟之前睡觉是很少有的事。累了，我就想一想刘登石。他是我的同事、战友，组织处干事，山东省文登人。在他自学考试前半个月的一天夜晚，他突然胃痛，被送进医院确诊为胃穿孔，医院连夜给他做了胃切除手术。第二天我们知道后无不为他惋惜，因为马上就要自学考试了，他这情况估计也参加不了了。然而，令人难以置信的是，一周后还没有拆线的他居然闹着出了院，为的是参加自学考试。考前的凌晨三点钟，与他同住一个宿舍的吕干事起床方便，一推卫生间门，吓了一跳，为躲避爱人监管的刘登石，正捧着书本坐在水池边看书呢。功夫不负有心人，那一次考试，他报的课程全部通过。

在老师和同学们的帮助下，三年间，除了化学重考了一次，我的其余课程都一次通过。1990 年 9 月，我欣喜地领到了盖有刘锡庚校长大红印章的，中央农业广播电视学校颁发的农学专业毕业证书。

坐落在徐州南郊两山口的铜山县农业广播学校，是我攻读三年农学专业的地方，是她给了我知识和力量。多少年过去了，我还会时常想起那里。想起第一次在食堂排队买馒头时，被大家用异样的眼光当成另类那种令人尴尬的感觉。想起考试前的那几个夜晚，农校那挤 8 个同学的双层床宿舍里，弥漫着熏得人透不过气来的臭袜子味。想起隆冬的夜晚 12 点以后被冻得麻木了的双脚。当然，更多想起的是许多个第一次学到的农业知识给我带来的那一份份惊喜。在那里，我才知道水稻有几片叶子，小麦的根有多长，水稻一生要吸收多少氮，什么样的株形可以让庄稼多吸收一些阳光，泥土之间有哪些区别，天气预报中切变线是什么，等等。自办农场以来，几乎每一个丰收之后，我都会自然地想起农校：如果没有二十年前的农学基础，或许我没有胆量兴办这个农场；抑或即使办了，也不知道要多走多少弯路，绝不可能像现在这样充满自信。

2014 年 10 月 12 日

不懂化学难种田

一次到农资公司购肥，见到了这样一幕：一位准备给小麦追肥来买肥的老汉，先问了问复合肥的价格，又问了问尿素的价格，很不高兴地说："复合肥涨这么多啊！买一包复合肥的钱快赶上两包尿素的钱了，这一回我不用复合肥了！"售货员问清了他种麦施过的基肥，耐心地解释说："源头上钾肥涨得厉害，所以复合肥价位就高。这是我们农民没办法的事。但是小麦生长期所需的磷肥钾肥总量少不下来，磷和钾加起来超过氮，如果地里缺磷缺钾肯定会影响小麦产量。你的小麦能不能长好，在氮、磷、钾三大元素中，不是取决于施得最多的，而是取决于施得最少的。施肥一定要均衡。"解释完以后，售货员建议他，如果手头紧就少施一点，但不能光施氮肥。售货员一直反复地说，可老汉就是不点头掏腰包。

每年农忙，我家农场总要请人来帮忙干活。从闲聊中得知，在帮过忙的男劳力中，有近十人曾经是弥雾机手，他们既为自家庄稼地治虫防病，又有偿地为别人家服务。令人恐惧的是，他们中超过一半的人曾经农药中毒过，有的险些丧命，有的不止一次中毒，有的中毒后元气大伤，体质明显下降。

这让我想起了我在中央农业广播电视学校所上的化学课的经历。我是"文革"期间的高中毕业生，实际水平有限。当时上化学课很长一段时间都没有书本，使用的是我们教导主任黄健军老师用钢板刻印的讲义。因为底子差，第一次考试没有及格，补考了一次才通过。通过化学课考试让我费了不少功夫，然而学习的收获也是很大的。

化学课让我懂得了一个道理：化学作为一门学科虽然才有三百多年的历史，却是自然科学的一个重要分支。它的设立，让人类开阔了眼界，使人们对精彩奇妙的物质有了更进一步的认识。

化学课让我学到了以前不知道的知识：世界是由物质构成的，而物质又是由原子、分子这些微粒组成的。一个水滴中的一个水分子，其大小相当于地球上的一个乒乓球。世间的物质种类成千上万，而组成的物质的原子却只有一百多种。

化学课让我认识到一个事实：化学与农业有着密切的关系，与种植相关的植物生理、土壤肥料、植物保护等，每一项都离不开化学。搞规模种植或养殖的农民，使用化肥农药的数量一定比较大，如果不懂得相关知识，一个化学盲点弄不好就会造成重大的经济损失甚至是致命的伤害。所以，如果有心要做一个称职的现代农民，最好要学习一些化学知识，提高化学素养。至少，你能从中获得较大益处。

2014 年 10 月 20 日

读懂植物爱更深

儿时最为深刻的记忆，当数家乡一望无际的绿色芦苇荡了。

我老家小南庄在扬州的最东北角，隔着方圆几十里的芦荡与盐城交界。我家老屋，就坐落在芦苇荡的旁边。多少年来，我一直清晰地记得，小时候，一到开春，芦滩上芦苇冒青，我就会异常兴奋；而每当深秋，芦荡泛黄，大人忙着去砍柴，我则会惆怅起来。为什么呢？参加农业广播电视学校学习后，我就知道了答案：人类来自森林，自然界的所有生命都依赖绿色植物而生存。爱绿，是人的天性。

带着对绿的崇敬之情，我通过几十个学时，认真地学习了中央农业广播电视学校的《植物及植物生理学》课程，这使我对绿的热爱变得更加自觉、更加深沉。

植物学让我懂得了植物的形态结构和分类。自然界各种各样的植物都是由细胞构成的，细胞是生命活动的基本功能单位。由细胞组成的植物体的各种器官，根据生理机能可划分为营养器官和繁殖器官。水稻抽穗的时候，羞涩的雌蕊总是把娇嫩的卵细胞深藏在花蕊的最里层——胚囊内，使得心急的雄蕊花药在紧贴到雌蕊柱头后，还必须萌发出足够长的花粉管，再穿过花柱组织最后到达子房，才能把精子送入胚囊中去，完成受精。而在大田环境中，仅仅三分钟后，鲜活的水稻花粉粒就有50%死亡，五分钟过后，所有的花粉粒都失去了活力。这是多么地悲壮而扣人心弦啊！正因如此，办农场后，每年水稻扬花时节，我总会不止一次地蹲在田边，怀着深深的怜爱，为这些小生命的爱情祈祷，祈求风轻些吹，祈求雨轻些下，祈求“小伙子”“姑娘们”动作快些，早日修成正果。

植物学让我掌握了植物生长发育的一般规律，系统地了解了水分、阳光、氧气、无机盐、有机物等各种因素与植物生长发育的关系。水与植物的生命紧密相连，植物体内一切生命活动必须在有水的情况下才能进行。植物体内除了水分外，就是无机盐和有机物，在植物必需矿质元素氮、磷、钾、钙、镁、硫、铁、铜、硼、锌、锰、钼、氯中，前三种元素需要量最大，而土壤中所含的量往往不能满足植物的需要。植物吸收这些元素后会在体内进行一系列的代谢过程，合成蔗糖、淀粉、脂肪、蛋白质，然后将这些物质通过筛管等组织向植物体的四面八方运输分配。因此，无论种麦还是长稻，肥料一定要足，而且氮磷钾一定要全面，还必须及时。

学习植物学给我带来的最大收获是，让我对传统农业中传承下来的晒种、松土、搁田等措施和田间管理制度有了科学的理解，同时懂得了如何根据植物生理，更好地适应、控制、利用和改造植物。学完光合作用以后，我懂得了光合作用是地球上一切生命存在和生长的根本根源，知道了植物光合作用的场所、进行光合作用的机理、光合特征、外部因素对光合作用的影响。在被神奇的光合作用震撼之后，我们在农场进行了多种改善植物光合性能的尝试。利用光补偿点原理，我们在稻麦栽培中坚决改变当地农民普遍喜欢稠密的倾向，严格控制用种量，避免植株种植过密，造成过多的叶子互相遮挡。这样可以确保下层叶子所得到的光照度在补偿点以上。为了提高光能利用率，我们还在杨树林中间种植油菜和黄豆，充分利用了光能。对于杨树林，我们坚持在前五年每年进行整枝修剪，确保主干 6 米以下不留杈枝，从而减少了光补偿点以下的养料消耗。坚持每年用拖拉机耕翻杨树田，促进根呼吸，提高光合作用。除此之外，还每年给每亩杨树地补施 20 公斤尿素和 20 公斤复合肥，让杨树叶片增大并延长寿命，从而延长叶片光合时间，增加光合产物积累。深秋，每当我看到周围的不少杨树，由于没有精心养护和施肥，已经落叶凋零，而我们的杨树林绿意盎然，叶片们还在枝头上摇曳生姿，我便感到十分欣慰，仿佛觉得那是杨树们在诚挚地向我们致谢，感谢我们对它们的深深理解和呵护。

2014 年 10 月 20 日

一把泥土千个姓

我们脚下的土壤都是由岩石演变而来的。由于母质、气候、生物、地形和时间等因素的不同，土壤产生了成百上千个种类。仅仅在江苏省，就有 15 个土类 212 个土种。土种不同，品性各一，肥力也就自有差别。就拿钾来说，同属江苏省，里下河地区是富钾区，而太湖地区则属缺钾区。只有了解脚下土地的具体类型和特点，我们才能避免盲目施肥、胡乱种地的情况。这是完成中央农业广播电视学校农学专业主要课程《土壤肥料学》后，我得到的深切体会。

种田人都希望自己的土地肥沃，那么，什么是土壤肥力呢?不少农民认为肥力就是养分，这显然是不全面的。土壤肥力是土壤在植物生长发育的全过程中，能够不断地供应和协调植物需要的水分、养分、空气、热量和其他生活条件的能力。简言之，肥力主要由水、肥、气、热四大因素构成。而土壤的孔性、结构性、持水性、通气性、吸热和散热性、保肥和供肥性、酸碱性，每一项都直接影响着土壤肥力的发挥。以为多施肥就能长出好庄稼的人，好比讲“油多不坏菜”的厨子一样，这样的人办农场搞种植，是难以搞好的。

要想有效提高土壤肥力和肥料利用率，就需要了解土壤和肥料的基本理论。比如，同等重要和不可替代律。油菜不同于稻麦，它需要较多的硼肥。虽然只有几十克，仅是氮肥的百分之几，但如果缺了，油菜就会花而不实。又比如，最小养分律。作物为了生长发育，需要吸收多种养分。但是，决定作物产量的却是土壤中那种相对含量最小的有效养分。在一定限度内，产量随着最小养分的增减而变化，那位光施氮肥不施磷钾肥的老农，只能让多施的尿素白白浪费。再比如，报酬递减率。最初投入的肥料得到的报酬最高，随着投入的增加，报酬依次递减。还有，养分归还学说、限制因子律、协同作用与拮抗作用等，都是种田过程中不可忽视的重要理论知识。

要想合理施肥提高土壤肥力，还必须掌握施肥基本知识。比如，氮肥与有机肥配合施用，可以避免单施化学氮肥容易造成的土壤物理、生物学性质的恶化。因此，办农场一开始，我们就积极探索，实施稻麦秸秆全量还田。秸秆全量还田，虽然需要增加一定的旋耕费用，提高了成本，但是它可以换取每亩地几百公斤的有机物，产生30%左右的腐殖质，从而有效地改善土性。

可喜的是，现在，经过多年艰苦的工作，我的家乡已经普及了稻麦秸秆全量还田，土壤的孔性、结构性大大改善。我们已经告别了板结的“卫生地”，正在迎接优质的“海绵田”。

2014年10月28日

种麦得学栽培学

我出生在农村，可以说，从记事起就开始跟小麦打交道了。那时没有粉面机，家里吃的面粉都是用村子东头蔡大奶奶家的石磨磨出来的。我在很小的年纪就学会了助力拉磨。还没上小学的时候，我就迷上了放风筝，冬日的小麦田经常被我们一帮野小子狂奔出一股股青烟。上学以后，每年麦收放忙假，我都会跟小伙伴们一起为生产队捡麦穗，直到上中学时能做更重的农活为止。15 岁那年冬天，父亲担粪给自留地小麦追腊肥，我抢过他的扁担，第一次摇摇晃晃地把一担粪送到了地里。上高中后的忙假，我加入了割麦、掼麦把、担猪粪下地的行列。最让人难忘的是掼麦把（小麦脱粒）。每人手握一副把翘子（掼麦用的工具），抓起一大把麦秸秆，使劲往石磙子上摔打，便有麦粒脱落的沙沙声随之响起来，然后利用惯性，双手将麦秸秆扬起并再次用力将麦秸秆摔打在石磙上。这是一个掺不得假的农活，如果你力气不够，麦粒就不会脱落。而且，越是骄阳似火的时候，麦秸晒得越干麦粒就越容易脱落，所以，在我记忆中，掼麦场总是烈日当空，如同烤箱一般，而掼麦的人总是一个个满头大汗，浑身沾满尘土。

虽然说，我早已经亲密接触小麦好多年。然而，小麦是怎样生长的，怎样才能让小麦高产？直到会割麦、掼麦把，我也不能说清楚子丑寅卯。

后来到中央农业广播电视学校，认真系统地学习了《作物栽培学》，对照自己参加过的种麦实践，我才真正懂得了种麦：要满足小麦对土壤的要求，做好灌排水和施肥工作；播种出苗阶段要掌握管理要点，实现苗早、苗全、苗壮；分蘖越冬阶段要促进根系生长和分蘖增加，培育壮苗安全越冬；返青拔节孕穗阶段要做到促控结合，实现足穗、壮秆、大穗；抽穗成熟阶段要防治病虫害，养根保叶，提高粒重和籽粒品质。

更为重要的是，《作物栽培学》揭示了小麦生育进程、器官建成、产量形成等生长发育规律，阐明了小麦栽培的生物学基础，让我对小麦有了更深层次的了解。比如，在纬度、海拔、耕作栽培制度以及品种特性不同的情况下，小麦的生育期有很大差异，短的只有120天，长的则有300天以上。又比如，小麦从种子萌发到结实成熟，会经历春化阶段和光照阶段。春化阶段是指小麦需在特定的低温条件下经一定时间的发育，才能形成结实器官，如一直处在较高温度条件下生长，小麦只能停留在分蘖状态而不抽穗。光照阶段则是指小麦需要一定天数的特定日照长度和较高的温度，才能抽穗结实。再比如，小麦的营养器官和生殖器官形成和生育进程，显微镜下小麦种子的形态结构和萌发出苗过程，小麦根、叶、茎和分蘖各自的形态、功能、生长规律和相互关系，小麦穗的形态结构、穗的分化和形成、抽穗开花和受精过程、麦粒的形成和成熟，等等。所有这些知识点，让我觉得现在的我比当年那个年轻的掼麦把的我，明显聪明了许多。

小麦栽培只是《作物栽培学》中的一个章节。除小麦外，《作物栽培学》还系统介绍了水稻、玉米、棉花、油菜、甘薯、大豆、花生等主要粮食作物和经济作物的栽培。办农场后，我联系生产实践，多次重温了20年前学过的《作物栽培学》，特别是水稻、小麦的有关章节，感到比当初的收获更大，如今，无论播种、施肥，还是灌溉、排水，做起来都更加胸有成竹。

并非所有养小孩的人都懂医学，然而，具备一定医学知识的人，无疑更有可能将小孩子养得更健康。同样道理，搞农业种植的人应该学栽培学。尤其是要办好一个农场，因为面积、规模较大，播种、施肥、灌水等每一项农事所造成的益损都要比一般农户的大若干倍，学习《作物栽培学》就显得更为重要。学好《作物栽培学》，才能科学地实施好每一项栽培措施，最终能种瓜得瓜、种豆得豆。

2014年10月28日

办“露天工厂”须懂天

20年前在中央农业广播电视学校学习，有一门课程叫《气象基础与农业气象》，该课程的教材是北京农业大学农业气象系的老师编写的。这门课我学得特别认真。因为刚上小学时遭遇的那场饿死无数人的三年自然灾害，使我对天气的恐惧深深地刻进了骨髓。自办农场后，我时常翻看这本书，将书上的知识与实际操作相结合，这本书也就成了我们“露天工厂”的保护神。

附近不少小农场的农场主干活有个特点，无论夏季水稻插秧还是秋季小麦播种，总比周边普通农户慢半拍，少则迟一周十天，多则晚半个月二十天。原因是农忙季节劳动力紧张，雇用劳动力的价格涨得厉害。他们认为，迟几天没关系，没必要多花那个钱。我自办农场以后，坚决摈弃这种做法。气象学明确指出，由于受所处纬度、大气环流、海陆分布等因素的影响，我国气候的一个基本特征是季风现象显著，冬半年盛行北风、夏半年盛行南风。初夏，来自太平洋副热带海域的暖湿气流登上我国大陆，向北移动到北纬20—25°的地区，常常与北来的冷空气交汇、对峙，导致江淮流域出现阴雨绵绵的梅雨季节。入梅有着很强的规律性，大多在每年的6月6—15日。如果不能赶在入梅前完成夏收，就有可能遭遇烂麦场的风险，造成严重损失。高中毕业后的1971年，我就亲眼目睹了6月上旬连续阴雨，人民公社组织社员搭“斗天篷”晒麦的情景，可是仍无法改变小麦田里捉鱼、小麦粒在穗上发芽、不少麦田颗粒无收的惨局。而到冬半年，积聚在西伯利亚的强冷空气堆积形成一个强大的冷高压，每隔5～7天就爆发一次，大规模向南侵袭，使长江中下游地区气温急剧下降。此时正是我们这里的种麦季节。如果能在霜降前后播种，一周左右的时间就能出苗，而如果拖延十天半月，恰逢寒流来袭，气温会急剧下降，就可能一个月也出不了苗，因为小麦出苗必须达到100℃的积温，这是既定的要求。这样一来，早播的麦子就能在入冬前长成分蘖的壮苗，而晚播的麦子则成了生长期减少一个多月的弱苗。产量上的差距自然不言而喻。

多年来，我养成了一个习惯，在进行农事活动前，除了定时查看手机定制的天气预报外，还会每天观看中央电视台天气预报，每天至少用手机拨打“96121”三次，以分别了解本地短期天气预报、天气趋势以及3～5天的天气预报。中央气象台网站更是常年被我收藏在电脑的收藏夹中。每逢收稻、收麦、插秧、播种等重要农事活动，我都会认真查看未来1～3天的天气预报、中期天气预报。通过这些方式，我不仅密切关注雨雪风霜等气象情况，而且十分关注高压、低压、高压脊、低压槽、锋、切变线等基本天气系统。因为气象学告诉我，这些天气系统都与一定的天气相联系，它们的活动和强度变化，是天气非周期性变化的主要原因。了解天气系统，就可能对天气有更深入的了解，从而对天气预测得更准确一些。

我爷爷不识字，但说起二十四节气的气候状况、物候现象、当季农活，头头是道。我想，他的成功可能跟这个不无关系。只可惜，小时候爷爷讲二十四节气时我一点都不感兴趣，根本没心思去听。一办农场，我便猛然想起爷爷，二十四节气也能倒背如流了。气象学表明，节气是我国劳动人民智慧的结晶，它在阳历上的日期相对固定，有规律地反映了季节和气候变化，按节气从事种植，就能顺应天时。

气象学还告诉我们，通过观察天象和物象可预测天气，通过物候可预测农时，只可惜我对这方面的知识掌握得不好，只是对云的认识深刻一些。过去，只知云有诗人所写的白云和黑云的区别，学习了气象学之后，才懂得了云是由大气中水汽凝结和凝华而形成的水滴、过冷水滴、冰晶或它们混合组成的悬浮体。根据云的外形特征、形成过程与机制、组成成分和云所处的高度，可将云分为三族十属二十九类。看懂了云，就能通过观察云来预测雨雪。

做成任何事情都离不开天时、地利、人和，而小农场作为“露天工厂”，天时更为重要。我们无法改变天气，最好的办法就是学一点天气知识，懂一点气象知识，了解并掌握当地天气变化的特点和规律，这样才能在千变万化的天气面前趋利避害，掌握主动权。

2014年10月30日

一寸阳光一寸金

农学课程《植物及植物生理》第九章讲的是光合作用，通过学习这章内容，一个结论便深深地烙在了我的心里：地球上一切生命存在和发展的根本源头是光合作用，也就是绿色植物利用太阳光的能量，把二氧化碳和水合成为有机物质。人类要爱护资源，实现持续发展，需要珍惜和合理利用阳光。没有阳光植物无法正常生长，农业也就无从谈起。多合理利用一寸天赐的阳光，就能多培育一株生命。因此，在农场经营中，合理利用阳光是我做得十分自觉的一件事。

合理密植是首选。合理的种植密度，可使更多的植物叶片充分利用阳光，减少漏光现象，从而提高作物光能利用率。隔壁一家农场在播种小麦时我曾路过那里，满田的人在撒种，让我十分惊讶。出苗后我又路过那里，只见稀的地方有筛子大的空地，而密的地方则小苗挨着小苗。到收麦时，我一打听，亩产只有 500 斤，比我们每亩少收 300 斤。多年来，我们在播种小麦时，都会事先将麦种过秤分装成袋，每袋麦种只播种 5 米宽的一个畦，播种时会有专人带着尺子进行测量，更重要的是，播种人员都是非常有经验的能手。合伙人华道宏可以做到，在 100 米长的地块，播种 20 斤麦种，跨出最后一步时，撒出最后一把种。我虽然每年都参加撒肥，但播种我从来不敢伸手。华道宏播种的麦地麦子出苗后，地里见不到一点碗大的空地。农场栽插水稻一直是用插秧机，均匀度明显优于人工栽插，但仍然有断档出现。专家告诉我，我们当地秧池土黏性太强，如掺一部分沙土便可减少缺棵，于是我们每年到外地拉回沙土，使断档减少。即使这样，每年机插秧结束后，我们仍然雇人一块不漏地查苗补苗。我认真算过一笔账，只要一个人一天补栽一个半秧盘子的秧苗，它们所产生稻谷的价值就能超过开支的工资。

见缝插绿一直让我难以忘怀。因为排水和机械作业的需要，农场的渠道和机耕路总要占去耕地的百分之二三，这是不可避免的。然而从秋季种麦之后到第二年夏季收麦这段时间，机耕路一直派不上用场。所以，每年大田麦种完以后，我们就将部分机耕路也种上麦子。而所有渠道旁，我们在秋天栽种油菜，夏天点播黄豆。如此一来，每年的收获赶上一个小农户一年的收成。

间作复种有做不完的文章。农场的 120 亩杨树林，株行距一半是 4 米×4 米，还有一半是 4 米×8 米。我们在 4 米×4 米的树行里种了三年的小麦和黄豆，而在 4 米×8 米的树行里，前六年每年种小麦和黄豆，六年后每年秋季种一季油菜。虽然油菜结实期杨树已经长叶，油菜近根部分光照不足，影响籽粒饱满程度，但其收获量还是大于投入成本的。

选用光能利用率高的好品种是我不断的追求。光能利用率高的好品种通常具有以下特点：一是生育期较短，有助于提高复种指数；二是植株矮秆，呼吸消耗减少，有利于光合产物的积累，同时植株重心较低，较少发生倒伏减产问题；三是叶片直立，分布合理，可以使群体上下层受光均匀，减少相互遮挡；四是耐荫性较强，光补偿点较低，即使在较弱的光照下也能积累有机物。依据这些特点，几年来我们一直在农业部门推广品种中精心挑选更好的稻麦品种。其中，我特别看重抗倒性。因为每年夏秋，我们这里经常出现大风暴雨的情况，植株倒伏不仅影响产量而且也会使收割成本大增。因此，经过几年比较，我们选择了扬辐麦 4 号、镇稻 99 等品种，虽然它们在穗大、抗病等方面没有明显优势，但它们属矮秆抗倒的品种，使得农场在不降低产量的前提下一直保持着稳产和低成本的状态。

2015 年 10 月 16 日

熟悉秉性长好稻

2013年11月30日，是一个值得纪念的日子：我们家农场的150亩稻田的稻谷全部售完，我们种了8年的水稻田也到期了。种植水稻8年，旱涝风虫等灾害没少经历，也不止一次地亲眼目睹了周边农户减产少收的局面，值得庆幸的是，我们的农场一直保持着较高且稳定的产量。回想起来，我觉得最重要的是要向书本学习、向行家请教，真正了解水稻的特性，尽最大努力满足这些小生命的生长需求。

栽培学告诉我们，常规水稻生长期在150天左右，这是其与生俱来的遗传天性，只有满足它的生长时间长度，才可能避免出现螟蚱穗和瘪皮籽，从而长出理想的有效穗，实现稳产高产。因此，每年给水稻算时间账我们从来不含糊。我们这里地处长江中下游，水稻的前茬种的是小麦，小麦要到6月10日左右才能收割，如果6月15日之前插不了秧，到11月上旬过了霜降，气温就会降到10℃以下，水稻也就停止了生长，这中间只有不到150天的时间。而我们采用的是机插秧方式，秧龄只能控制在15～18天，这样才能确保有壮秧下田。即使想通过提前播种来延长秧龄以增加前期生长时间，也是不可能的。我们能做的就是，在6月初尽早播种。更重要的是，要在落谷后半个月到18天之间，既完成小麦收割，又完成灌水整田，同时还要确保插秧机及时到达田头，并在两天内完成栽插。大家知道，小农场通常不会配备收割机、旋耕机和插秧机这些大型机械，而这些大型机械每个生产季节都要为许多家农户提供服务，其中存在很多变数，怎样才能把这几个时间点衔接好呢？我们的做法就是花钱买时间，不惜加大成本，在机械服务费标准上不打折扣、不还价，甚至加价，来换取对方按时服务的承诺。“开机的骗子多”，这是乡村一句俗话，因为下雨、机械故障等诸多原因，许多人家争抢一台机械的情况时有发生，遇到这种情况他们往往不会回绝你，而是用“马上就来”搪塞你。一个“马上”弄不好就是半天。所以，几乎每个栽插季节，除了事先认真定好合同外，我总还要做一件事，就是跑到几里或几十里外机械作业的地方，蹲在田头盯着机械，直到“押送”它进入我们的田里。有的朋友不以为然，认为迟两天没有关系，我就跟他们算账：一亩地水稻生长 150 天可能收 1 300斤，生长 100 天则颗粒无收，按照这个推算，50 天的结实期，平均缩短一天就少收 26 斤，150 亩就少收 3 900 斤。计算模式不一定准确，但道理就是这样的。

栽培学还告诉我们，8 万株水稻小秧落地后，会完成 2～3 次分蘖，每亩地达到 20 万个分蘖以上，每穗达 110 粒左右，千粒重达 28 克，正常情况下，亩产便可达 1 200 斤以上了。而要达到这个产量，每亩需施 32 斤纯氮，其中 60%用作基蘖肥。分蘖期非常重要，第一次分蘖后 6 天又进行第二次分蘖，此时的秧苗，就像“半桩子”大男孩，饭量特别大。所以，小秧下田一周以后，就要及时追施分蘖肥。而这个时候，大忙刚过，人困马乏，又赶上梅雨季节，三天两头下雨，稍有松懈就会拖延这次施肥。所以，每年施分蘖肥，我总是紧紧地盯着。

栽培学又告诉我们，在适宜的条件下，水稻可以发生很多次分蘖，也就是说，种很稀的苗也能长出满田的秧。水稻的节间数一般为 5～6 个，完成一个拔节过程大约需要一周的时间，完成所有拔节后才能抽穗，然而只有在气温 25℃以上完成的抽穗才能正常灌浆结实。按照这个过程推算，7 月初之后才开始的分蘖，在气温降到 25℃时还没有来得及完成拔节和抽穗，所以这样的分蘖只能是无效的了。因此，7 月初一定要果断地断水搁田，叫停分蘖。这些年，我们一直实行秸秆还田，秸秆腐烂使稻田更松软，土壤含水量更大，搁田也就显得更为重要。搁田可以调节土壤中的水分和养分，排除秸秆发酵产生的毒气，有效防止倒伏。所以，每年的排水搁田，我们一直当作一件大事来做，丝毫不敢马虎和懈怠。

2014年10月20日

我最敬重的师傅张宗广

自办农场以来，我先后种过杨树和稻麦，培育过平菇、双孢蘑菇和木耳，种过荷藕和芡实，还养过四大家鱼和龙虾，所有这些，对当初的我来说，都是新课题。面对新课题，我有一条坚持的原则，那就是不打无把握之仗。具体来说，一是尽可能多地看书，二是必须至少结识一位有实践经验的师傅。所以，十几年下来，我有了多位可敬的师傅。如，教我培育蘑菇的顾红兵师傅，教我培育木耳的王大东师傅，在稻麦种植方面给予我指导的华道宏师傅，教我种植芡实的杨友生师傅，教我养殖龙虾的邢向征师傅等。在他们每位身上，我都学到了宝贵的东西，正是他们的指引，我才能顺利进入每一个新的行业，并取得了成功。在让我难忘的师傅当中，最让我敬重的师傅是育菇能手张宗广。

2006 年平菇栽培成功后，我决定栽培更有市场前景的双孢蘑菇。经朋友介绍，我先后到了南通和高邮的两个菇场进行学习，收获颇丰。但总感觉他们工厂化的生产方式我无法采用。于是，我又四处打听，找到了宿迁的张宗广师傅。

张师傅，60 岁出头，是泗阳当地最早搞蘑菇栽培的“蘑菇王”。我去求学时，他已办起公司，有几幢正规育菇的厂房。5 月 25 日那天，正处在育种高峰期，张师傅家里有几十号工人正紧张地忙碌着。看到这阵势，我心里凉了半截，这么繁忙的老板，怎么会顾得上我这个无亲无故的外地人呢？但我不甘心，我赶紧把要请教的十多个问题列出来写在本子上，拿着笔和本子跟在他后面，从拌料间到灌装车间来回不停地跑。见他一有空，我就见缝插针地提一个问题。当时，我也已 56 岁，不少在场的工人看我像小学生似的前后跟着，投来好奇的目光。快到午饭时间，张师傅终于得空坐了下来，他让我把不懂的问题都提出来，他一一做了解答。留我吃过午饭后，因为他一直有午休习惯，他老伴催着他午休，可是张师傅摆了摆手，又把我喊进房间，把他几十年中遇到过而我没有问到的问题，都一一给我作了指点。这让我非常感动。

回来搞栽培以后，我又许多次不分白天黑夜地打去电话，向他请教生产中遇到的问题，每次他都耐心解答，有时一说就是十几分钟。

最难忘的是 9 月 26 日那一天。我的 5 个菇棚已下种第 9 天，本该转凉的老天却一直高温不退，棚里温度超过了 31℃，而菇床上仍未看到菌丝。我担心高温使菌种全军覆没，焦急中，我开着车去找张师傅。那天，张师傅家的菇房正在加温灭菌，这是一个关键环节，他已一夜没睡觉。听我说明情况后，张师傅二话没说，向工人交代了两句，就上了我的车。从他家到我家农场有 100 多公里，上车不一会，他就睡着了，还发出了鼾声。我静静地坐在他身边，大气都不敢出。只见他光着脚，穿了一双沾满了稻草屑的拖鞋。看了我家的菇床以后，张师傅首先让我放心，菌丝长得很好，只是有一小部分被烧坏了。接着，他给我指出了两条措施，一是抽地下水浇棚降温，二是从菌丝发得好的菇床上挖取菌块移植到菌丝烧伤的菇床上。

半小时后，张师傅连一口水也没来得及喝，拍拍手上的土，就踏上了返回的路。当年，我的蘑菇获得了大丰收。由于其他原因，第二年我没有再种。但张师傅对我的帮助一直让我难以忘怀。四年后，我又去看过他一次，他还是那么精神抖擞。

在乡村，有许多掌握精湛技艺的能人，他们是农耕文明的传承者和实践家。一位经验丰富的师傅就是一座农耕文明的知识宝库。因为自我保护等原因，他们中有的人可能不愿意展示自己的技艺，而更多的能人则善良大度。当然，作为继承者，必须怀着敬畏知识、敬重能人的诚心，才能打造出开启宝库的钥匙。

2014 年 11 月 12 日

劳其筋骨

在平菇和双孢蘑菇栽培取得成功后，我又对栽培黑木耳产生了兴趣。因为黑木耳干品可以缓解鲜品集中上市的销售压力。而且这个品种更适合我们主营稻麦兼营食用菌、缺乏销售能力的小农场生产。2007 年试种成功后，我决定引进辽宁省朝阳食用菌研究所的液体菌种培养器，进行木耳规模栽培。

2008 年 5 月底，麦收之前，正是农场比较闲的时候，我准备出发前往辽宁朝阳。不巧的是，我的肠炎发作了。在它发作期间，会因为喝酒、着凉、水土不服等原因，突然导致闹肚子，而一旦肚子痛起来，就十分紧急，刻不容缓。去辽宁朝阳，要坐几小时汽车到徐州转火车到北京，然后再从北京坐几小时汽车到朝阳。这么长时间，哪能保证这肚子不闹腾呢？老伴让我不要去，可我不甘心放弃。情急之下，我想到了小孩子用的尿不湿。

我带着几个尿不湿，顺利地到了辽宁朝阳，参加了一周的培训，购买到了液体菌种培养器，然后又顺利回到农场，种出了理想的黑木耳。今天说出这个秘密，仍有点难为情。但又一想，也没什么。学海无涯苦作舟，这句话中的“苦”字，本身就包含饥饿、病痛、疲倦、孤独、屈辱甚至风险等多种情形。人类在探索科学道路上所经历的艰辛不计其数。如果我想办好露天工厂，没有一点“劳其筋骨”的精神准备，可能是难以成事的。

自办农场以来，为了学习，我先后到过江西余干、浙江缙云、辽宁朝阳、江苏南通、泗阳、高邮、沛县、盐城、盱眙等地。在学习经验的过程中，感到喜悦的同时，也留下了许多求学取经的苦痛。2014 年秋，为了提高龙虾养殖水平，我只身到盱眙县学习，龙虾公司在偏僻的洪泽湖边上，去那的道路坑坑洼洼，而我坐的农用三轮车又急于赶路做生意，开得飞快。我一边叮嘱司机开慢点，一边两手使劲抓着车边栏杆，严防被甩出车外。尽管我全神贯注，但仍然防不胜防。在快到湖边时，突然一个大坑将我猛地从座位上弹起，脑袋一下撞上了车顶，只觉得头轰的一声，两眼直冒金星。万幸的是虽然感到剧烈疼痛，但我仍保持着清醒的头脑，两手死死抓着车栏杆不松。事后想想令人后怕，如果我的手一放松，被甩出车外，至少会被摔个半死。

2015 年 10 月 16 日

木耳之路

自办农场以来，我先后种过树、平菇、双孢蘑菇、木耳、芡实、莲藕，养过龙虾、鱼等。其中，最吃力的要算种木耳了。

种了两年平菇和双孢蘑菇，虽然取得了一定的成功，也获得了一定效益，但我没有了继续发展的打算。主要是因为这两种蘑菇都以鲜货销售为主，并且日产量起伏很大，所以这对销售能力提出了很高要求。而我想要实践的是，在以百亩稻麦生产为主的小农场里，利用农闲时间发展一点食用菌作为副业。我们没有很强的销售能力，也没有往这方面发展的计划。于是，我把目光聚集在了食用菌中的黑木耳上。黑木耳一般以干品上市，干木耳便于存储和运输，销售时间弹性很大，大大减轻了集中上市的压力，于是，我开始收集种植黑木耳的相关资料。

从网上，我找到了南通的顾红兵种木耳的信息，便专程去了一趟南通。顾红兵夫妇是乡村能人，大集体时期就在村里的菇场负责菌种制作，拥有一手育菇本领。大包干以后，他们家办了一个小菇场，从制种到生产都是自己干。他们离市区不远，还在市区菜场租了个摊位，自己负责直销。他们的菇棚虽然不多，但由于实行了产供销一体，效益可观。我在他们家菇场亲眼看到了木耳，并学习了种黑木耳的相关经验，满意而归。

可是，在我准备种黑木耳时，高邮菌种场的一位师傅无意中的一句话引起了我的警觉。他说，黑木耳不适合华东一带生产，这里空气湿度太低。我联系他后，拿顾红兵为例，想反驳他的说法，他却说，顾红兵那生产量少，没有代表性。我仔细一想，确实，顾师傅只种了一个小棚的黑木耳。于是，我停下脚步，又上网搜寻。终于，在江苏沛县找到了王大东。电话联系好以后，我风尘仆仆来到了王大东家。谁知进菇棚一看，我立马呆住了。王大东家的种植规模确实大，不但他家有好几个棚在种木耳，全村好多人家也在种木耳。但仔细一瞧就发现，他们种的虽然是木耳，但不是黑木耳，而是毛木耳。毛木耳比黑木耳适应能力强，产量也高，但是品质绝不一样。当时市场上就有人将块头很大的毛木耳用机器粉碎成小块冒充黑木耳。这绝对不是我要做的，我也自然没有打听他们是怎么销售的。我怏怏不乐地离开了沛县，迷失了方向。

不甘就此放弃的我，又开始翻阅资料。我把手头食用菌书籍中有关木耳的章节反复看了好多遍，确认作者是浙江缙云人，便通过拨打114电话，一处一处打听作者，终于，在通了无数个电话后，我找到了作者吴老师，并且通上了电话。我把疑问告诉他，他确凿无疑地说，我们这里黑木耳长得很好。事实的确是如此。2008年2月19日，我坐上了去往浙西的火车。当我在县食用菌办公室和作者吴老师见上面，下午，我又亲眼看到农户家栽培的黑木耳长势良好后，心中的一块石头终于落了地。

但是，就在离开前，我又突然发现了一个重大问题，黑木耳在野外培育的一个重要条件是空气湿度要大。缙云这里是山区，群山环绕，地势起伏不平，早晚雾气层层。这里的空气湿度能够保障黑木耳的生长，可是我的家乡是一马平川的平原，哪来这样的空气湿度？真如晴天霹雳，让我一下傻了眼。

抱着“死马当作活马医”的心态，我还是小规模地开始了黑木耳的露天试生产。初夏的骄阳下，为了确保菇场的空气湿度，我亲自上阵，不停地浇水，然而，无奈烈日炎炎，刚浇过水的露天木耳，不出一小时，料袋就干了。直觉告诉我，此时的空气湿度离黑木耳生产需要的80%以上的要求肯定差了许多。最终，黑木耳虽然长出来了，但产量低、成本高。我不得不忍痛割爱，放弃种植黑木耳。

农业科技成果的出现不会一帆风顺，学习掌握新技术也不可能一路平坦，一蹴而就。要想在某一方面学有所成，必须有面对挫折和失败的心理准备，如果没有“千磨万击还坚劲，任尔东西南北风”的精神是万万不行的。

2014 年 11 月 25 日

网络是最好的“种田师傅”

我在2000年（49岁）参加了电脑培训，学会了上网，并且学会了用五笔输入法打汉字。这么多年来，网络先是成为我生活上的“老师”，接着，又成了我办农场最好的“种田师傅”。

通过网络，我找到了能够杀死地蛆又对鱼虾无毒的美国产品康宽，于是在当地带头发展起藕田混养龙虾。这是我坐在车上时，无意间看到路边一晃而过的一幅标语的一半“杀地蛆不伤鱼虾，美国”几个字，回来后上网进百度顺藤摸瓜找到的。

通过网络，我给食用菌网提建议，建议食用菌协会与烹饪协会联手举办食用菌烹饪比赛，推进食用菌更快地进入百姓餐桌，推进我国食用菌加快发展，不久该建议被食用菌网站采用。

通过网络，我上购物应用软件淘宝购买了本地书店找不到的养龙虾书籍《淡水小龙虾高产高效养殖新技术》《淡水小龙虾健康养殖技术》。

通过网络，我利用聊天软件QQ多次向全国最大的鱼粉产地之一山东荣成鱼粉生产企业华荣公司咨询鱼粉市场行情，使我随时掌握饲料行情。

通过网络，我找到了广东肇庆一个小厂自行研制生产的一款先进科学的芡实打捞机，使打捞费用由每斤8角降到每斤3角。

自从有了网络，上网就成了我比过去种田跑田埂更勤快的事情。几乎每天，我在网络上必做的事情，一是进天气预报栏看天气，二是进水产网看水产行情，三是带着生产中的问题在网上寻找答案。有空闲的时候，我还会进入游戏天地，找位棋友杀上两盘。60岁后学书法，网络更是帮了大忙，它让我有机会聆听并观赏到孙伯翔、张旭光等大师的授课和示范。

互联网，是我们最博学多才的“老师”，机械、农药、植保、栽培以及市场政策，什么问题都难不倒它。

互联网，是我们最谦和的“老师”，只要它在线，谁都可以见，不至于三顾茅庐、程门立雪。

互联网，是我们最高效的“老师”，它不但有文字、图像，还有音像、影视，便于我们入目、入耳、入脑。它不但热心地给我们传输知识，还能倾听我们的声音，与我们互动。

新时代办农场种田，不怕找不到师傅，只怕不会使用网络。只要有网络会上网，无论你的农场多么偏远，“老师”就在你的身边。

2020 年 10 月 16 日

第三辑 精神草堂

在几千年前的农耕社会，孔孟之道世代相传，我国农民有着相对稳定的精神世界。而如今，我们遇上了大尺度开放且价值多元的时代，面对不断涌现的新理念，最容易被哄被骗的农民兄弟，亟须亲手构建一座理想的精神草堂，既能遮风挡雨，让灵魂栖息，又不至于过于昂贵而无力承担。

农场诗三首*

千吨粮

半百改行学种粮，
难忘儿时大饥荒。
一钾三氮平养分，
三叶一心插早秧。
湿干控制须到位，
病虫治理重预防。
八年捧出千吨谷，
自重夕阳这束光。

贺农场藕虾混作丰收

踩藕摸虾年少乐，
科学种养晚秋缘。
残荷沉底成鱼食，
鱼粪漂流变肥源。
夏逮肥虾几百篓，
秋收胖藕数十船。
更怜绿水清长在，
闹市孙儿梦种田。

* 分别作于2014年12月、2015年12月、2016年12月。

送别杨树林

知命布衣百亩杨，
十年嬗变好时光。
初春踏露施肥早，
盛夏披星砍草忙。
陶醉心清一眼绿，
沉迷庭闲满鼻香。
更惜广厦安天下，
有我簸箕在大堂。

原载于2019年10月4日《晚安宝应》

要靠唯物种田

我的衣胞之地小南庄，三十几户人家，与我同年出生属龙的小孩就有 8 个，上下相差不出 5 岁的毛孩加起来，则有 40 多个。那时候，这个偏僻的小村庄，一年到头总是热闹非凡。我们在一起砸铜板、斗鸡、放风筝、摘桃子，有说不完的话，有笑不完的事。然而，40 年过后，当我退休回到老家常住的时候，热闹仅持续了几天，大家再次坐到一起时，就没有多少话可说了。要么他们说的我不再感兴趣，要么我说的他们不大愿意听。从大家的言谈中可以发现，我们共同的话题太少了。其中，最关键的一点是，在到底是听天由命还是自己掌握命运的问题上，发小们无法达成一致。也就是说，我们所坚持的世界观已经不同了，在唯物还是唯心这个根本问题上早就已经产生了分歧。

现在的年轻农民，一般有初高中以上文化，对唯心、唯物都有个大概了解。都知道，唯心主义包括主观唯心主义和客观唯心主义。唯心主义认为，人的知识是先天就有的，是人的头脑主观自生的；人为天命所主宰。而唯物主义则主张，物质是唯一真实存在的实体，上帝和心灵实体并不存在；世界是由物质及其运动所构成的，物质世界及其运动是自发的且具有客观规律，而不是由上帝、心灵实体和思想观念来决定；物质世界是产生思想观念的根本原因。唯物主义与无神论往往是一致的。也就是说，唯物主义者不相信鬼神。

小时候，夏天在村东头桥上纳凉，我和大伙一样，听过许多鬼故事。其中不少是述说者的亲身经历，描述得绘声绘色，让人很难不信。然而，幸运的是，在十几岁世界观形成的关键时期，我受到了毛泽东思想的熏陶。很快，我就接受了唯物主义，而且几十年来，对唯物主义一直深信不疑。成家几十年来，我的父母亲一直跟我们生活在一起。逢年过节，我们家一直焚香烧纸，我也尽可能做得中规中矩。然而，在磕头敬佛的时候，我的心里十分清楚，这样做，一是借此缅怀已故长辈，二是顾及健在老人相信传统的感情，仅此而已。

头脑里装着唯物主义种田，一个十分明显的特点，就是能够大胆自觉地不听天由命，进而敢于改变命运，做自己命运的主人，执着地想让自己活得好一点。我认为，这对一个生活在社会最底层的农民来说，意义十分重大。

在我们村的东一片，有几位发小天赋好，特别聪明能干，儿时，我曾是他们忠实的粉丝。然而，几十年后的今天，他们有人却仅仅才解决温饱问题，生活得很不如意。客观原因当然很多，就主观而言，一个很重要的原因，就是受制于一种根深蒂固的听天由命的思想，认为人算不如天算，从而思想被严重禁锢，手脚被牢牢束缚。40 岁时不敢跟人家一起南下打工，50 岁时不敢跟人家合作承包湖荡养鱼，60 岁时不敢流转土地成为种田大户。他们认为自己是种田出身，种好自己的三亩地最本分。结果，人家给出嫁的女儿送小轿车，为结婚的儿子在城里买商品房，他们却连给家里装空调也不大舍得。实在令人惋惜。

在我们村，曾经有一个神棺传说传得沸沸扬扬。相传在我们村子东边数千亩的芦苇荡里，有一具神棺，里面装满了金银财宝。这神棺经常会在黑夜里放射出耀眼的紫光，并且神棺位置飘忽不定，许多人都在不同的位置看到过它的踪影。甚至有人说在荡里捞河渣时，铁叉触到了棺盖（自我感觉），他赶紧插上芦苇做好标记，然后回村喊人来一起取宝。然而，取宝的人赶来后神棺又不知飘向了何处。20 世纪 70 年代，有胆识的老支书，带领全村人把整个芦苇荡用圩堤围起来，将水全部抽干，然后用大型拖拉机普遍犁了一遍，湖荡变成了良田，神棺依然没有找到。神棺传说为我们揭示了一个现象：在乡下，幻想发财的人不在少数。他们对概率极小的捡到金元宝这样的故事，往往津津乐道。

很显然，不通过双手努力就幻想自己能发财，这显然是唯心的，是不可能实现的。幻想一时就会穷困一时，幻想一世就会穷困一世。对此，我十分清楚。在怎样种田获得收益的问题上，我从不抱有幻想，也不指望上帝的恩赐。每年鱼塘出鱼之前，当地有个烧香敬猪头的习俗，我自然不会扫大家兴，也会照做。但敬菩萨的时候，我从未幻想过奇迹。十六年来，我们先后种过杨树，种过稻麦，搞过藕虾混养，每搞一项，我们都老老实实地学习钻研科学技术，绝不寄希望于没有根据的奇迹出现，因此也就从未经历过大失所望的折磨。

唯物主义种田的一个鲜明特征是尊重客观规律，按客观规律办事。不可否认，眼前乡下，还有不少老式农民，他们骨子里还存在一种相信自己经验胜过相信科学的狭隘性。因为这一点，在农村普及新的科学知识往往很吃力。推广化肥、使用农药、进行大面积水稻机插秧等，每一项都经历了艰难的过程。我在种田的十几年中，自觉按客观规律办事，积极推广新技术，先后经历了淘汰甲拌磷改用康宽、稻麦全量秸秆还田、选用高价缓释肥、改变单一种养模式为茭虾混搭生态模式等。特别是秸秆还田，早在2006年刚开始种稻麦时，我就顶着很大压力带头禁烧。因为我内心清楚，真正先进的科技项目，每一项都是无数科技人员揭示出又一条新的客观规律后所取得的成果。相信科学，按客观规律办事，摒弃旧习惯，才是明智之举。

我认为自己凑合算是一个唯物主义者了。这已经是经历了几十年的修炼过程才达到的。高中毕业的时候，正赶上射阳公社挑选通讯报道员，经学校推荐，我被录用了。既是领导又是老师的郑久吉秘书，要求我们既要学业务也要读马列。我也去书店买了

《费尔巴哈猜想》《反杜林论》，可是费了好大劲，也看不进去，只好转而读《毛泽东选集》。在公社的两年多时间里，我认真反复地研读了毛泽东的《实践论》《矛盾论》《人的正确思想是从哪里来的》，边阅读边思考，自我感觉由衷接受了其中的唯物主义观点。多少年过去了，特别是近年以来，我的思想经历了许多次风暴的洗礼，在我的观念中，不可回避地有很多东西被替换了，然而唯物主义一直是我思想的基石。回到农村生活了几年以后，我越发深切地体会到，唯物主义是一种科学且正确的世界观，种田人也应自觉接受唯物主义，种田大户、农场主更应如此。只有这样，才能拥有真正的大智慧，正确地看待世界、思考问题，用正确的方法做事，种明白田，做明白人。

2017 年 2 月 13 日

我说“知足”

有一天，请人帮忙加固藕田的坝头。在午休聊天时，聊起了牛。“那个大乍角牛，真正少有！难得！”庆堂大爹爹的这一句深情赞叹，让我大为震惊。庆堂，辈分比我长，大我3岁，年轻时在生产队用了好多年牛，是我们这一代人当中的用牛好手。几十年过去了，他还惦念着乍角牛，清晰地记得乍角牛如何能干、如何通人性的点点滴滴。听着听着，我的脑子里突然浮现出一个想法：死亡是必然的，生命仅有一次。一头没有名字只有编号的水牛，都能让人记住并夸赞几十年，如果百年之后我能有像乍角牛这样的荣耀和待遇，那该有多好啊。

那两天，乍角牛老是在我脑海里出现，由此牵动了我对“知足”的思考。

20岁当兵离家，60岁退休后又回到乡下老家养老，整整过去了40年。初回田园时，许多次被儿时未曾见过的田园景观所陶醉。

清晨，老人们不约而同地蹬着三轮车，“咣当咣当”地载着孙子孙女去学校。中午还要接他们回来吃午饭，吃完饭又要送他们去学校，晚上再跑一趟接他们回家，像这样来来去去一天要跑六趟。一个乡下平凡人，活着为啥？最重要的还不是养儿育女，让自己的生命得以延续吗？所以，一个个蹬得很带劲。

中午，米饭没好，酒先斟上，菜好菜孬无所谓，每天喝两餐，一餐喝三两，雷打不动。男人没酒喝，活着多没劲？儿时的玩伴，如今大多这样。

下午，除了夏秋大忙，其余时间都有大量时光可以自由支配。于是，打麻将、打扑克成了最普遍的消遣方式。有场子就上，凑不齐场子就在旁边“看牌”。为的就是有说有笑，热热闹闹地打发半天时光。

傍晚，过去大集体的时候人们刚刚从生产队收工回来，都忙着喂猪、喂鸡、烧晚饭，如今，村头水泥路上已经出现了一拨又一拨散步的大爷大妈们。现在，即便一字不识，大家也都能说出自己的血压、血糖是多少了。“饭后百步走活到九十九”，这话过去是城里人说的，现在也成了他们的口头禅。

几十年前，吃不饱肚子也要拼命干活，半夜起床下地拔秧，大年初二下地挑河泥，大暑天顶着烈日掼麦把，与那些旧日子相比，眼前知足安逸的情景，怎能不让我这个过来人陶醉呢？

然而，对这种知足闲适的生活状态，也有人看了不满意。有一位跟我年龄相仿的爷爷，刚过60岁那年，尽管身体很好，但决意不再赚钱，当起了麻将场上的常客。他认为这很正常，伙伴们也没有什么非议，可是他的儿子经常数落他。十年过去了，跟他同年甚至比他年纪大的人，都比他多挣了二三十万元，而且还在继续找活干。可他却只知道自己享受晚年的清福。

跟这位爷爷不一样，“心窝堂”填不满的也大有人在，比如礼法、礼高、智华。礼高也过60岁了。他生了两个女儿，女儿们已经各自成家生子，都在城里买了商品房，日子过得很好。在大家的眼里，他也到了享福的时候。让人惊叹的是，他的劳作激情一点不减当年。他不但在村里担任生产组长，自家的田地一分也不少耕种，还兼任村里的粮食购销经纪人。不仅如此，每年农闲时，他都要拉上老伴下荡捞鱼摸虾几十天。他的精神实在令我肃然起敬。

在知足与不知足的反复对比中，我渐渐地明确了自己的倾向：我更欣赏不知足的生活态度。

首先，不知足，是人的天性。人，这个高级动物在地球上出现数亿年来，从未停止过前进的步伐，哪一天知足过呢？不谈远古，就说有了人类文明的这五千年。如果我们的祖先满足于刀耕火种，便不会有今日的大型拖拉机；如果满足于长矛利剑，便不会有现在的导弹航母；如果在烽火驿站时期知足，便不会有当下的电话、互联网等先进的通信技术。《吕氏春秋》中有“这山望着那么高”，就表达了人类的不知足天性。既然不知足才是人类的天性，整个地球又不得不在这种天性推动下运转，那残酷的丛林法则便不可避免。既然整个人类处于“不知足”状态，而你却在那里“知足”，这难道不是明显违背天理吗？这不就意味着，你抑或停滞、抑或退化、抑或落后、抑或受辱、抑或挨打吗？

人的需求是多方面的，除了生理需求，还有安全需求、社交需求、尊重需求和自我实现需求。需求是无止境的，这是毋庸置疑的事实。然而，老子有言：“祸莫大于不知足。”这一观点一直被国人所信奉。令人感到不解的是，如果一个人满足于温饱，不再不懈追求，不再殚精竭虑地去揭示人性，那么老子还能写出流传千古的《道德经》吗？

于是，我在电脑里果断地收藏了以下几段话。尼采的名言：“对待生命你不妨大胆冒险一点，因为好歹你要失去它。”“每一个不曾起舞的日子，都是对生命的辜负。”乔布斯的一句话，也是介绍乔布斯一本书的书名——“活着就为改变世界”。沈从文在《时间》里的一句话“为人类向上向前而跳跃”。托尔斯泰的一句话：“要有生活目标，一辈子的目标，一段时期的目标，一个阶段的目标，一年的目标，一个月的目标，一个星期的目标，一天的目标，一个小时的目标，一分钟的目标。人类的幸福和欢乐在于奋斗，而最有价值的是为理想而奋斗。”

我欣赏不知足的另一个理由，也是更重要的一个理由，就是农民真的没有资格知足。

数千年来，农民一直生活在社会的最底层，无论是物质层面还是精神层面，都处于相对贫穷的地位。近代以来，社会发展加快，人与人之间的差距越来越大。物质层面，一些人已经实现了财富自由。精神层面，现如今的乡下文盲不多，可是读书的人很少。而随着社会的进步，读不读书给人们带来的区别越来越大。文化、知识等精神层面的差距将会在更多的同龄人之间出现，而且越来越深、越来越宽。在这样的处境中，难道就因为吃饱了穿暖了，便有资格谈知足了吗？人类因梦想而伟大，梦想引领着命运。得过且过，没有梦想，是对生命的辜负。越是贫穷卑微，拥有梦想越发重要。诚然，苟且偷生也是一种人生选择，但在我看来，这不过是如蝼蚁般的人生罢了。知足所带来的快乐是多么美好！而不知足带来的痛苦也不难想象。然而，快乐并不是人生唯一的追求目标，如果自己在解决了温饱问题后而安于现状，不再“起舞”“跳跃”，不再追求、奋斗、探索、创新，不想再为世界和后人做些什么，这样的人生未免太自私、太乏味，太没有意义了。

2015 年 10 月 16 日

老实不无用

“人要老实不能无用”，这是爷爷常挂嘴边的一句话。

在我很小的时候，我特崇拜爷爷，觉得爷爷的话是真理。因为，父亲说过，爷爷 7 岁丧父时，家里只有 1 亩多地，经过几十年打拼，到他 50 岁的时候家里有了 20 多亩良田，而且还有了牛，有了可以跑运输的大船，还建了豪宅级的四合院。爷爷算得上他那个时代本村最成功的农民。

如今，时代过了一个甲子，仔细想想，现代农民也还要像爷爷说的那样，“人要老实不能无用”。

农民是相互关系最为稳固的群体。他们不会像商人之间那样，可能仅做一笔交易后就再无来往。他们同住在一个村落，一住就是几十年。如果你投机取巧，也许能得逞于一时，但从长远来看，你便可能在这个熟人社会里坏了名声，影响未来许多年，甚至让孙子后代替你背黑锅。现代农村变化很大，可是土地不可以变动的特征没有变，仅就这个特征，当现代农民，仍然要做忠厚老实之人。

老实人，心地善良，不存恶念。作家周国平说：“人活世上，第一重要的还是做人。”是的，人要展现人性品质，做个好人，成为善良的生命。要对别人的不幸心怀同情，怀有恻隐之心。我们小时候的农村，是很贫穷的，吃糠咽菜是常有的事。然而，每当有讨饭的人上门，家里的大人总会给他一些吃的不会让他白跑腿，更不允许我们小孩对他呵斥驱赶。如果赶上天黑，还会同意乞讨的人在厨房里留宿。

原本以为，这种恻隐之心，人皆有之，是普遍存在的品性。

然而，在“文革”时期的所见所闻让我寒了一次心。有个同村人出身贫苦，平日里看着老实巴交，可是，在被生产大队选为造反派以后，几句口号一喊，打起人来却凶狠无比，无论是体弱多病的妇女，还是生命垂危的老人，他都照打不误。这让我明白了一个道理，为善如登峰，为恶如山崩。一个人如果不能约束自己，在面对诱惑时就无法守住善良。

老实人最大特征是诚信，言出必行，说话算数。诚信对于一个人的人缘非常重要，对维持经济活动也很重要。退休后再回到农村，发现现在的农村，不讲诚信的现象比过去多了很多。特别是在劳动力雇佣的过程中较为常见。大家知道现在农村的劳动力雇佣很普遍，但雇佣过程又不像城里企业那样正式规范、手续完备。往往双方经过中介，或者直接面谈，谈妥了工作内容、工作时间、工资待遇等，达成口头协议后就可上班了。很少有人签合同或协议。然而，在履约过程中，时有矛盾发生。有的人稍有不满就撂挑子，背起背包就走人。有的人一听说附近有待遇更好的地方，就拍屁股跳槽。甚至，我还见过签了协议也反悔不干的，搞得用工的人措手不及。在我小时候，说话不算数，是十分丢人的事。

老实人不存非分之想，不爱占别人便宜，不伺机侵占他人利益。小时候，爷爷多次给我们讲半头牛的故事。那时种田没有机械，耕牛必不可少。但当时我家的土地还不足以养活一头牛。于是，便和邻居武大爹爹商量合伙养一头牛。合伙养牛并不简单，谁家用得多了，谁家喂得少了，这可是很容易产生矛盾的事。然而，我爷爷事先跟全家约法三章，宁愿自家吃亏，不占人家半点便宜。武家人也是这样的性格。于是，两家合伙养一头牛，合用一个草堆，直到土地改革，牛归了集体，合伙才结束。前后好几年，两家没有说过半句不开心的话。

小时候，偏僻的村庄里常常整月见不到一个陌生人。而如今，就算你家在远离村庄的湖荡中间，漆黑的夜晚照样会有素不相识的售楼人员莫名其妙地拨通你的手机，把你从睡梦中叫醒，向你推荐楼盘。鸡犬相闻却老死不相往来的情景已一去不复返了。这带来一个问题，在当今社会，处在社会最基层的农民，做到“不无用”变得更加重要。只有“不无用”，才可能减少遭受欺诈与盘剥的可能，从而得以生存。那么怎样做到“不无用”呢？从爷爷和父亲的言传身教中，可以找出好几条途径来，而我认为其中最重要的一条，就是多读书。

我们庄氏家族，从外村迁来这里的时间不久，在本村属于单姓。旧社会单姓在村落里是很容易被欺负的。于是，不识字的爷爷，拼命让他的长子也就是我的父亲多读书，使他成为同龄人中读书最多的一个。一定要让子女多读书，我父亲在这一点上做得更加坚决。1969 年春，中学复课，我接到了高中一年级入学的通知。但是初中成绩一直很好的我，此时不想再上学了，理由是要为家里挣工分。当时我家兄妹四个都在上学，七口之家年年超支，而我在兄妹中排行老大，我认为自己有义务分担家里的负担。家庭超支，何尝不是压在我父亲肩上的重担呢？然而，父亲坚决不同意我停学，前后跟我谈了好多次，可我执意不从。直到三月底，他仍不放弃，又专程请来我的大舅一起做我的思想工作，终于把我说服了。在当时盛行读书无用论的年代，父亲勒紧裤带坚持让我们兄妹四个都读完了初中，其中三个读完了高中（当时还没有大学可上）。说到这个话题，我对老父亲的感恩之情便油然而生，并且由衷钦佩父亲的远见卓识。

传统农业时代，能搬起石磙子的人最令人钦佩；而如今在农村，具有开阔视野和远见的人，才是被人高看的“不无用”的能人。

2021 年 7 月 14 日

利己不损人，能做到吗？

“文革”开始那年，我读初二，15 岁。第二年学校停课，我就回到了生产队里挣工分，学校里造反、批斗那些事我一概没有参加。那时候在生产队干活，开工前要早请示，收工后要晚汇报，每天朗读《为人民服务》《纪念白求恩》《愚公移山》等老三篇，高唱《毫不利己专门利人》等革命歌曲。我还被选为宣传员，每天早中晚三次拿着铁皮喇叭，到村子东头的木桥上，对着村子大声地念“最高指示”。经过反复地熏陶，这些思想真的在我们脑子里起了反应。一天晚上，我和几个小伙伴学着广播里宣传的样子，不用队长安排，趁着夜色悄悄地把生产队刚布的几亩地的粪给撒了。为的是不拿工分，被生产队表扬为学习白求恩的无名英雄。听到表扬，我的气都有点喘不匀了，仿佛一下子高大了许多。更有甚者，有一次，我独自冥想时，不经意间想到“毫不利己”这个词，内心竟产生了纠结。这显然是“最高指示”，然而自己内心觉得这是不可能做到的。产生这个想法其实并不奇怪，但在当时，只觉得自己充满负罪感，心脏狂跳不已，生怕被别人看出来。革命青年怎么能有质疑“最高指示”的想法呢？

1974 年 3 月，入伍的第二年春天，我加入了中国共产党，成为本家族中的第一位党员。我家是富裕中农，在那个年代，这个出身不硬气，所以，与当时一起入党的战友相比，我显得更为激动。记得当时我真的在内心发誓，一定要倍加珍惜这一政治生命，严格按共产党员的标准行事，为共产主义奋斗终生，尤其要做到大公无私。因为我从小就听当了几十年大队会计的父亲说，当干部不能有太重的私心，有私心的人不能当干部。父亲不是党员，但读私塾到19岁，孔孟之道深入内心。他当了一辈子生产大队和乡镇企业的会计，廉洁奉公，备受赞誉。我认为他说得很对，做人就该这样。

40年后，我到了退休年龄。在办理退休手续时，我认真回顾了自己工作的几十年。在诸多感慨中有一丝迷茫始终难以抹去。

几十年来，为了理想，我确实做出了不懈努力。18岁高中毕业后，我回到生产队当起了农民，主动承担了生产队的猪场，怀着满腔热血，一心想通过精心饲养，壮大生产队的集体经济。两年以后，我入伍参军，发展多种经营壮大集体经济的宏伟蓝图还一直萦绕在我心头，在给父亲的家信中，我曾不止一次地让他给生产队长捎话，赶紧在门前的大河里种菱角、养鱼，念念不忘为家乡发展着想。当战士时，部队在白湖农场种地，大忙季节我在脱粒场上24小时都没有睡过觉。当报道员时，大暑时节，白天和大家一起训练，晚上则钻到蒸笼般的蚊帐里挥汗如雨地赶写稿件，所在营当年在省级以上媒体发表文章32篇，全师排名第一，本人因贡献突出荣获三等功。转业回到家乡，当县里报社一把手的时候，我一心投入工作，将报社建设得有声有色。同时，我以身作则，廉洁奉公。曾有人为了工作，以我名义存了1万元，然后将存折从我家门缝塞进我家里。我经过好几天的分析和猜测，才猜到送礼人是谁，最后坚决地退了回去。我也曾被县里评为好公仆。

对照入党誓词和大公无私的要求，我确实做出了很大努力，然而，与当初的理想和党员标准相比，问题何止一两个？差距是多么大啊！最让人痛心的是，世纪之交的那些年，以权谋私腐败之风让我这还有点良心的人简直无法睁眼，办事员雁过拔毛已毫不奇怪，甚至连曾经接受过五十年代红色教育的军中顶级高官，居然也成了肆无忌惮地鲸吞国家财产的大腐败分子，这真的让我对信仰感到心灰意冷，对大公无私失去了信心。

是不是人就应该自私呢？是不是西方的极端个人主义就应该移植进我们的精神家园呢？我曾在迷茫中不止一次这样想。我上网搜索到：极端个人主义是一种极其浓厚、强烈的个人主义，它把个人主义的种种特点扩展到了极点。在一切方面都把个人的私利、目的摆在第一位，只顾自己私利，不管他人的、社会的利益。为了实现个人私利，可以不择手段，无视人的天良和社会最起码的道德准则。看到这里，我情不自禁地摇了摇头，这显然是与经受了几千年孔孟之道的浸润，崇尚忠良、友善的中国农民的道德底色相违背的，这种极端个人主义无疑是无耻、龌龊的，也不利于社会建立良好的秩序。我又想起了童话《蚂蚁安特尔奇遇记》。蚂蚁是地球上抗击自然灾害能力最强的生物，它们存活在地球上的历史超过了一亿年。和蚂蚁同时代的恐龙及许多其他生物都已经灭绝了，唯有蚂蚁种族繁荣昌盛。小小的蚂蚁具有顽强的生命力，其秘诀就在于集体的力量。遇到火情时，成千上万的行军蚁会迅速抱成一个大球向前滚动，压过火线。外层的蚂蚁不断被烧死，但蚁球不断向前滚动，最终成功越过火海，个体的牺牲换来了种群的延续。

不久前，收到战友的一条微信，是关于河南省南街村坚持集体化、走共同富裕之路的文章。其中有张图片是南街村农民公寓山墙上的一幅标语："大公无私是圣人，先公后私是贤人，公私兼顾是好人，先私后公是庸人，损公肥私是坏人。"这让我倍感亲切。我反复琢磨了好几遍，由衷地赞叹，这应该作为全中国农民的座右铭。损公肥私是丧失道德底线的行为，应该为众人所不耻。但是，对普通农民来说，并不需要不切实际的追求，期望自己成为"圣人"，能够公私兼顾便是好人。

时代呼唤英雄，新农村建设需要人才。如果你有带头振兴乡村的远大抱负，农村真的十分欢迎你。如果你真能做出贡献取得业绩，一定能够得到群众的拥戴。然而，作为过来人，我不得不说，在社会主义初级阶段的市场经济条件下，做一名合格的农村党员干部真的很难。光就“克己奉公”这四个字，就让许多人走了一辈子也翻不过这道坎。而生活在农民当中，与农民朝夕相处的农村党员干部，是不是克己奉公，群众看得很清楚。如果你做不到这一条，群众就会对你不服气。如果你其实做不到，却又学会了潜规则，空唱高调，那在群众眼里，你连普通好人也当不上了。农民最厌恶潜规则。因此，如果没有足够的修养，没有足够的奉献精神，真的没有必要考虑“入党”“当官”的问题。在华夏大地上，芸芸众生中的一个农民，包括种田大户、农场主，实质都是自食其力的普通劳动者，都是非圣非贤的凡夫俗子。如果你能够拥有家国情怀，并且尽自己的努力种好地而不损公肥私、损人利己，切切实实做到利己不损人，善良正直，就已经算得上好人、能人了。如果在过好自己日子的同时还能做些慈善，那就更好，也就完全对得起祖先对得起后人了。

2015 年 10 月 16 日

老外怎样种田，得经常看一看

十多年前，当中国加入关税及贸易总协定的时候，我还在县机关工作。我非常关注入关可能带来的影响，阅读了不少相关材料，认识到入关后，中国对外开放的大门将进一步敞开，世界农产品市场也将进一步开放，贸易自由化的程度将进一步提高，各国在世界农产品市场上的竞争将会更加激烈。任何成员都不可能再关起门来种地了。如果效率低下，生产的粮食质量差且价格高，那么外国的粮食就可能抢占你的市场、夺你的饭碗。最明显的就是大豆。十多年前，我国曾经是大豆生产大国，可是不经意间，我国的大豆被贴上了“产量低、价格高”的标签，于是，外国大豆蜂拥而入。十年前，我国的大豆进口量为 1 000 万吨，可如今，进口量已超过 5 000 万吨，增长了数倍，且还有上升趋势。我们的油瓶子几乎被外国人掌控了。

当我自己开办农场时，我购买了中国社会出版社出版的《国外农业丛书》，进行认真研读，也会经常浏览农业网站上介绍国外农业的网页。这些，有效地拓展了我的视野。

21 世纪办农场，必须要有强烈的机械化、信息化、现代化意识。澳大利亚农业经营单位是现代化农场。他们的机械化程度很高，使用的大多是大型的、高效率的、成套的农业机械，如拖拉机、联合收割机、多行播种机、耕耘机、施肥机、牧草收割打包机、剪毛机、挤奶器、电围栏等。目前，澳大利亚农牧业生产的各个环节，如耕种、施肥、喷药、植保、收获、运输等，均实现了机械化。就连生产工艺很复杂的棉花、葡萄采摘也使用上了棉花收获机、葡萄收获机。澳大利亚大部分农场的拖拉机都带有卫星导航系统，拖拉机由电脑控制，无须人工操作。过去棉花成熟一批，棉农采收一批，人工采收的低效率限制了棉花产业的发展。现在，待 2/3 棉桃成熟吐絮，便对棉田喷洒脱水剂，使整个棉株脱水，促使全部棉叶脱落，同时强制顶部棉桃干裂吐絮。这时，由采棉机进行采收作业。机器的齿缝里有一排排带有螺旋状刮齿的“铁手指”，当机器行进时，成排的“铁手指”高速运转，将所有棉花一采而光。每台采棉机一天可完成上千亩棉花的采收。这让我想起了儿时“看线圈”时的情景。20 世纪 60 年代初，生产队灌溉、排涝还没有柴油抽水机，更没有电动抽水机，用的是风车和人力水车。一部水车 8 个劳力分两班轮流转。换班不论时间论“线圈”。“线圈”是木匠做的木匣子，中间有三根轴，装有木块刻的齿轮，在上下轴上拴了一根几米长的棉线。使用时将“线圈”中间轴插进水车车轴的顶头，让上面轴的齿轮和中间轴的齿轮咬合，人一踩动水车，车轴转动带动“线圈”中轴转动，又带动“线圈”上轴转动，下轴上的线就往上轴上绕。下轴线绕完，即到了换班时间，这时将“线圈”调个个，让下轴到上轴的位置。那时农村的三夏大忙，才是真正的忙碌，黄秧一落地，老少皆低头。我们十一二岁的小学生踩不了水车，就被安排看“线圈”。给麦茬田上水插秧时，正值枯水季节，水车就如同站在河里一般，踩车的汉子衣服湿透了，可是水车口踩上来的水只有小半碗那么多。

不断完善社会化服务体系，才可能实现农业现代化。《国外农业经营与管理》分别介绍了澳大利亚、新西兰、美国、法国、日本等八个国家的农业现状。除了日本农民经营规模较小，平均每户经营耕地只有一公顷，其他国家经营规模都很大。美国平均每个农场只有 1.4 个人负责生产和经营，即使规模大的，例如七八千亩、上万亩甚至两万亩以上的农场，也不过两三个人。之所以会这样，关键在于美国有各种各样的专业化农业服务公司承担了农业生产和经营过程中的各项工作，包括产前的生产资料供应，产中的耕地、播种、施肥、灭虫除草、收割，产后的筛选、包装、运输、加工，还提供全程需要的技术、信息服务等。美国庞大的农业社会化服务体系是由政府、私人公司、合作社三个层次的组织机构组成的。其中，合作系统是一股十分重要的力量。经过一百多年的发展，美国的农业合作社形成了一个庞大复杂的系统，农场主们出于不同经营的需要往往同时参加几个合作社。据统计，每个农场主平均参加 2.6 个合作社。在这些合作社中，一类是全国性或区域性的，一类是地方性的。全国性或国际性的合作社分别从政治、立法、经济、教育及专业指导等方面促进农业合作事业的成长与发展。地方性的合作社则根据其服务范围，开展营销、供应、植保等方面的小区域服务。美国的农业合作组织不仅要为农民谋求福利，其更重要的社会责任在于从经济方面帮助农民与私人经营的企业竞争。

农民素质的提升，是实现农业现代化的关键。日本把培养高素质的农户接班人当作农业可持续发展的一个重要内容。一是重视现在经营较好的农户的继承人的培养，很多继承人被送到县级农业大学深造；二是对于当前经营规模和效益一般，但对农业充满热爱、有发展前途的户主，日本将其称为“认定农业者”，并予以重点培养，安排普及员上门指导。国家在“农业近代化资金”中专门列出“认定农业者育成推进资金”，以低息贷款的方式为其提供资金支持。在新西兰的农业教育体系中，除了正规大学教育和函授教育，还有一种为期一年的专修科，它是取得农民资格的一种途径。申请入学的人必须高中毕业，至少有 18 个月的农场实践经验。专修科主要讲授农场管理、作物生产、畜牧管理等方面的知识。学生除了听课和做实验外，还要到指定农场从事生产实践，并撰写实习报告。为提高农民素质，新西兰重视发挥农业协会和俱乐部作用。例如，每月举行一次农场俱乐部的农业技术推广会，每次推广活动选择一名会员作为被访问对象。聚会由特聘的专家组织，俱乐部成员首先参观确定的牧场，在参观过程中可以向牧场主提问。然后集中讨论，每个人描述牧场的成功之处或特色。最后，由专家总结所参观牧场的优缺点。澳大利亚不仅重视农业科研，还注重农业技术的推广和应用，使技术真正为农民服务。技术推广人员和农民联络的方式有电话、网络、期刊、研讨会、展卖会等，但最有效果的是与农场主面对面的交流。很多农业部门的公务员，除了少数人留在办公室，其他人几乎整天都在走访农场，推广项目。各地的官员和农业界人员几乎认识所辖区域内的所有农户，了解他们的具体情况，并给他们提出合适的建议。

现在我家乡农村又遇到一个问题，随着科技的发展，农业生产中的机械化程度越来越高，化肥和农药的使用越来越普及，使得农业生产中的人力投入大大减少。但这些新技术和新方法的使用也带来了一些问题，比如成本的增加、环境的污染、产品质量的下降等。因此，农民的收益也会受到一定的影响。于是，大量土地流转给了种粮大户。规模效益让种粮大户“针尖上削铁”积少成多获得一定效益，可是，原来还能干点农活的老农彻底没事干了。如何让 1～2 公顷的土地能够承载 1～2 个劳动力满负荷的投入，并使其获得比较理想的经济回报，让一个家庭能够依靠自己承包的土地办 个微型农场，在农村安居乐业呢？日本土地少，小型农场比较多，值得我们学习研究。

2017 年 10 月 4 日

养成读书习惯

在农村生活多年，见到过爱读书的人，但绝大部分人没有读书习惯。

是没有文化吗？不是。现在农村中的老年人大多是新中国成立前后出生的，完全文盲的很少，读书是没有问题的。

是没有时间吗？也不是。现在的农村人，不会打麻将的十分稀少。打一场麻将少则三四个小时。

主要还是没有真正懂得读书的意义。

英国哲学家培根说："历史使人明智，诗歌使人富有想象力，数学使人精确，自然哲学使人深刻，伦理学使人庄重，逻辑学和修辞学使人善于思辨。总之，读书可以陶冶人的个性。"当农民的，首先要擅长种地，多产粮食，但是也不能只知道多产粮食。现在，农民的生存状况已发生很大变化，已不再需要没日没夜为谋生而奔波。我们的生活应该有更多的层面，有更多的追求，让人生更加丰富多彩。

在乡下，经常看到这样一种农民老板，开着好车、穿着名牌、戴着粗手镯和项链，一看就知道钱没少赚。可是跟他一说话，却发现他满口脏话，感兴趣的话题也比较低俗。这样的人生，虽然有钱，未免有失格调。

人的精力是有限的，不可能什么书都读到。但是，要提高一个人的品位，这些书还是要尽可能多读点。

读一点历史。为了增长历史方面的知识，我读过《世界历史》《中国通史》《史记》等。

读一读伦理学。儒学是中国本土发展出的全世界独一无二的文明，儒家思想统治中国长达两千年，我们应该去了解。为此，我读了四书五经，读了《老子》《庄子》。

读一些经典名著。经典名著是书籍中的精华。国内的《红楼梦》《西游记》《三国演义》我们要读一读，国外的小说名篇我未曾一一阅读，但我购买了一套《世界文学名著文库》，并且早已读完。我的书架上还放着《唐诗》《宋词》《中外散文集萃》，经常浏览。

不断涌现的新书，也要尽可能选读。近几年的《活着》《百年孤独》《反抗平庸之恶》《逝年如水》《一个人的村庄》《寻路中国》等，我也一一读了。

农民虽然未必能做到学富五车，但养成爱读书的习惯至关重要。有了好的习惯，日积月累，一生也能读不少书，你从书中获得的知识或许对你的农活有帮助，或许对你的生活有帮助，或者陶冶你的情操，总之，多读书没有坏处。

2017 年 10 月 11 日

我的纠结

一、长寿都值得羡慕吗？

长寿是人类永恒的追求。如今生活条件好了，人们更是渴望长命百岁。有一天，听朋友说，他的一位邻居快要一百岁了，他非常羡慕，忙不迭地追问老人家的长寿秘籍。原来“他不识字，不爱说话，不抽烟，不打牌，终生务农，一辈子没出过远门，年轻时在家里就不大问事，老了更是天塌下来也不管……”

这分明是一位安静可爱的老人。然而，听着听着，我却提不起太大的兴趣，甚至脑海里冒出一个傻傻的念头：长寿有什么好羡慕的呢？

我以为，长寿固然美好，但生命的长度总是有限的，厚度却是无限的，让生命尽量增加厚度才应该是人生更值得追求的。如果通过努力，能让自己拥有渊博的知识和丰富的阅历，使人生五彩缤纷、故事多多，即便寿命短一点，也比平淡无味的长寿更有意义，更值得我羡慕。我崇拜书法家，如果上帝能让我写出宝应籍书法家谢少承那样的好字来，即使让我少活二十年，我也愿意。毕竟，昙花一现，胜过狗尾巴草风光半秋。

二、这些微信都看吗？

微信真神！想孙子了，发条微信，住在偏僻的乡下，也能立马看到远在省城的孙子为我们表演跆拳道或者绘画的小视频。孙子是胖了还是瘦了，爷爷奶奶看得一清二楚。

可是，自打那次玩微信的时间长了点，造成眩晕，去了医院，我便患上了恐微症。这么先进的东西，在我眼里成了没有主编的报纸，没有主持的演出，没有主办的沙龙，藏着魔鬼的金矿。我不近情理地给自己立了几条规矩：

1. 政治安全第一，跟当局唱反调的段子不碰；

2. 心灵已经结茧，一般的心灵鸡汤不喝；

3. 上帝留的时间已经不多，除了最感兴趣的时政新闻、书法诗词，其他的美文不再开卷；

4. 识别能力明显退化，已经不足以分辨这个世界上不断出现的比假币更难分辨的诸多假人假事，在网上只跟现实生活中的熟人做网友，不与不知根底的陌生人交浅言深；

5. 不让完整的时间被切碎，改变过去手机一响就去翻看的习惯，一般早中晚各看一次，加起来个把小时；

6. 尽量减少重复多余信息之累，改变过去好友的微信都看、老领导的微信都赞的礼貌习惯，不感兴趣的文字不看，没头没脑的小视频不点，不是特别好的原创不赞；

7. 发微信尊重对方口味，不要自己喜欢就随意普发；

8. 因为本人属“慢热型”，年轻时热恋情书也没有达到过每天一封，所以坚决不去违心地跟发“早上好”，刻意制造感情泡沫。

就这样，我渐渐成了微信圈里不讲礼貌、很少冒泡的孤僻老头。不过，眩晕没有再犯。

三、聚会不去行吗?

近年来各种聚会很火。战友聚会中有连队聚会、同年兵聚会、同乡战友聚会，同学聚会中有大学同学聚会、中学同学聚会、小学同学聚会，甚至还有幼儿园同学聚会。昔日同学、战友，通过聚会，联络感情，增进友谊，还是蛮好的。

然而，我却纠结了：随着年龄的增长，人与人的差异越来越大。上小学时，同学之间没有多大差别，一起滚铁环、砸铜板很开心，可是五十年的风雨过后，有的成了大腹便便的富翁，有的驼着背挣扎在贫困线上；有的成了学富五车的知识分子，有的出校门后就没有摸过笔。再把大家聚到一起，还有多少共同语言呢？面对巨大落差，一些人心里不添堵吗？

所以，如果有人招集小学同学聚会，我不想去。本人以为，几十年前的那份淡淡的情谊，就让它藏在心底，偶尔忆起，还有一丝温馨。真正要好的那几个同学、战友，有空小范围聚聚，足矣。

四、朋友越多越好吗？

小时候我脸皮薄，见生人脸就红。学了普通心理学以后，我知道这是由个人气质决定的，是天生的。我还懂得了我本人的气质介于黏液质与抑郁质之间，简单说就是内向。吃行政饭以后，为了生存，我强迫自己向性格外向的人学习，逼着自己也把歌唱、把舞跳，说荤段子、低头求人等也勉强学会了。

退休以后，社会外衣一脱，我的性格原形毕露了。在对待朋友的问题上，我不再认同多个朋友多条路的传统观念，逆反地认为，世界上没有无缘无故的爱。交友是图回报的，只不过有时上帝替你埋单，给了他心灵上的满足。人们在交往中得到理解、认同，或者关心、爱护和帮助，而且有所积淀，才可能成为真正的朋友，并不是握过手、喝过酒、打过牌、点过赞的就是朋友了。随着地球降格为“村”，我们几乎所有人的生活中，都掺进了大量无用的人脉、无效的社交、无聊的朋友。

我认为，退休后要有几个志同道合的朋友一起玩，是对的。但是，在通信工具和娱乐设施如此发达的今天，百米有棋牌，千步见公园，我们这一代退休人不缺热闹不缺人一起玩，缺的却是因娱乐至上而被过多丢失的清静，是一个人能够玩起来而且玩得开心、玩出水平的定力。读书、思考、诵经、写作、练字，都需要清静。只要内心丰盈，形单影只不孤独。

我更觉得，结交朋友、维系友情，需要一笔不小的成本，那就是宝贵的时间和精力，所以，年长以后，就要量力而行，缩小自己的朋友圈，学会闭门谢客，不再轻易地把无关的人请到自己的生命中来。随着年岁增长，朋友间的差别会越来越大，而各自愿意为对方包容迁就的耐心也越来越少，所以，年岁越大丢失的朋友越多，纯属自然。年老以后，最最重要的朋友是自己的家人。

五、迷上留名可笑吗?

因为学书法，近来曾多次拜访老朋友张泽民先生。他是资深的中国书法家协会会员，曾任宝应县书协主席，在全国获奖无数。多年来，他坚持每天五点钟起床临池习字，除了应他人求索，目前他家中已有创作成功、落款盖章的作品万余件。他还计划再用三五年时间，整理完成三部书法著作，记叙自己多年的书法心得和经验。这是多么远大的抱负和坚强意志啊！我被强烈地震撼了。他让我想起我的曾祖父。我的曾祖父 27 岁就英年早逝了，距今已有一百二十多年，就连我的父亲也没见过他。然而他以精湛的木工技艺制作的糕正子，至今还珍藏在家里，成为我们家族的一笔精神财富。我们觉得，曾祖父永远活在我们心里。

近来，我也像着了魔一样，制订了夕阳第一个五年计划。七十岁前将自己的书法练成靠近省书协会员水平，七十二岁前完成自己十多年农场生活的散文集、用毛笔为孙子抄写一本家谱和《中国历代寓言选》……

我认为，人的生命是短暂的，而人类的历史是漫长的，我们可以通过自己的思想和发明创造，在家族甚至更广泛的范围内留下长久的影响。长寿并不仅仅意味着活得久，更重要的是活得有意义。人去留名，雁过留声，这是文明人应有的境界，也是家族进步的动力。我们不仅要活在当下，还要活在未来，为后人留下一些宝贵的遗产。

六、对时光吝啬点可恶吗？

我当兵十多年，没少遇到紧急、危险的情况，这也让我锻炼出了从容应对的态度。但是，老了以后却发现，我似乎患上了强迫症，总觉得时间不够用，做事也经常显得迫不及待、焦躁不安。为什么呢？根本原因在于自己算过的一笔账上：人生 60～80 岁，整整 20 年，把它利用好，能顶半个人生。尤其我们这一代，许多人年轻时做了“一块砖”，干了几十年自己并不喜欢的事，六十岁以后才可以自由选择，这段时光更显珍贵。但是，退休以后没有了外部压力，很容易懈怠、松弛、失去方向，稍不留神就会让时光流逝。我已 67 岁，如果能活 80，还有 13 年，按每天做事 5 小时计算，还有两万个小时，拿出其中一半时间做自己喜欢的事情，也只能再读百十本书了。

由于有这块心病，所以在对待时间上，我变得越发吝啬。我跟周围邻居相处得很和睦，见面也主动招呼，可是，对于他们的闲聊，我都会选择避开。对于耗时的麻将，我更是坚决不参与。微信我只用不玩，将它作为一种高效的通信工具。对于应酬，我也尽量简化，避免浪费时间。

七、不再旅游不行吗？

近年来，外出旅游的老年朋友越来越多。不少朋友不但遍访国内名胜古迹，还远赴日韩欧美。可我六十岁以后，除了去南京看孙子和到武汉走亲家，其他地方就没有再跑。

行万里路，读万卷书，是充实丰富自己的需要，这个我懂。不再旅游，实属另有隐情。我有过敏性肠炎，离开故土就很容易水土不服。年轻时为了开眼界我愿意带着药品甚至尿不湿到处跑，老了就没了这个热情，觉得得不偿失。

不再旅游，既有身体方面的原因，也有一些思想上的顾虑。认为，旅游的主要目的是为了开眼界、长见识、体验异地风情、怡情养性，是一项高雅的活动。然后现在的旅游市场却常常充斥着人满为患、赶鸭子上架、强制消费等问题，这些都让旅游失去了原本的意义。此外，如今已不再是徐霞客那个年代，高清电视上风景旅游节目琳琅满目，我们可以通过电视节目更加清晰、全面地了解世界各地的风土人情，完全可以做到足不出户，周游世界。

家人都不赞成我的想法，我就跟孩子们说，等你们买了房车，我保证跟你们跑。

八、享福是唯一追求吗？

本来，我算得上是幸福的老人了。我和老伴都是退休的公职人员，拿着丰厚的退休金，身体也还不错。我们的子女都是高学历、高收入的青年，孙子聪明可爱。因此，我也曾计划将晚年生活过得更精致一些。

然而，当我在电视上看到一位退休女教授，远离自己生活的大城市，前往偏远贫穷的山区，教孩子们学唱歌的场景时，我的内心被触动了。这让我联想到了杨万洲、甘祖昌夫人，以及我们县的雍立泰，他们在退休后选择义务普法，为社会做出了贡献。他们的事迹使我感到自己的生活太过平淡，从而产生了一种不满足和不幸福的感觉。

我的脑海里经常出现这样几个画面：一边是我们在追求健康饮食，对事物的均衡和多样性非常讲究；另一边是西部山区还有几千万的贫困人口，他们还在遭受饥饿的折磨。一边是我们退休以后非常关注自己的血压、血糖和血脂，稍有波动就寻医问药，甚至兴师动众；另一边是丛林法则效应，霸权主义越发蛮横，贸易摩擦、南海风波、禁购伊拉克石油等问题，一个比一个让人担忧，而我们却时常无心过问。

这些画面让我感到内疚。退休享福是天经地义的，但是，这就是我们唯一的追求吗？年轻时我们曾经宣誓要为人民服务，要“先天下之忧而忧，后天下之乐而乐”，难道这些誓言和承诺都已经被我们遗忘了吗？是我们当初就没把这些话放在心上，还是随着时间的推移，我们已经忘记了自己的初心和使命，或者是因为时过境迁，我们已经改变了自己的信念和价值观？

九、儿女心放得下吗？

我喜欢看电视上的《动物世界》节目，时常为动物们的舐犊之情而动容，也为不曾看到小动物呵护老动物而纳闷。

于是我研究了达尔文的进化论，终于从中找到了一个合理的解释。成熟生命对新生命的养护，是动物在长期的进化中形成的天性。正是因为这一天性，生命才得以延续。那些没有这种天性的动物，由于无法让新生命在残酷的环境里存活下来，也就早已在地球上灭绝了。而成熟生命因为需要投入大量精力照顾新生命，往往无暇顾及衰老的生命，这也是动物进化的结果。

因此，当有的老人感叹子女靠不住，只忙着自己晚年舒服，不再愿意为子女分担负担的时候，我感到有些心寒。

老的对子女溺爱不行，小的啃老不自立也不行，子女对年老父母不赡养更不行。同时，我又觉得，我们的父母已去世，在这个世界上，与我们血缘最近的就是子女。即使我们再老，人类的天性也决定我们爱他们胜过爱自己，时刻会把他们装在心里。而处在这个剧变的时代，当今的年轻人，不管是蓝领还是白领，普遍面临着较大的生活压力，尤其是在哺养下一代方面，非常吃力。为了生命的延续，我们老一辈应该继续为自己提供支持和帮助。有人说，对待子女要学外国人那样放手，我认为这不符合我国的国情。我更愿意学习我的爷爷。他在 60 岁以后，能干重活就天天到地里干活挣工分，干不动重活就天天在菜园子里忙，菜园里活也干不动了就坐家里搓草绳，直到 80 岁。

原载于《宝应文化月刊》2018 年 8 月第 36 期

第四辑 乡野智慧

千百年来，农民生活在社会最底层。底层生活在教育、交流上所受到的限制，无疑严重阻碍了农民智慧的发挥。新时代农民的聪明才智势必有一个大的提升，哲学、逻辑学、心理学等高深学问，也应该成为农民的朋友，成为更多农民拥有的大智慧。这样，我们农民的精神生活才能与时代同频共振。

神奇的两本书

我崇拜学富五车、知识渊博的人。我也曾立志做这样的人，但难以实现。不过，几十年来，我还是读了不少书，《世界文明史》《中国通史》《史记》，我读过。父亲读过的《大学》《中庸》《论语》，我也找来读了。中国四大名著在年轻时是首先要读的。外国的《复活》《战争与和平》《一千零一夜》《红与黑》《瓦尔登湖》《百年孤独》等，也读了。这些书，为滋润我的心田、开阔我的视野、构筑我的精神大厦发挥了无可替代的作用，都给我留下了不可磨灭的印象。

然而，回想起来，对我影响最深刻、最巨大、最持久的两本书，要数毛泽东的《实践论》《矛盾论》。

1970 年夏，射阳湖公社举办土记者培训班，我和徐庆海、陶洪顺三个应届高中毕业生被选中。公社办公室秘书郑久吉是培训班的负责人，也是老师。他在给我们指导时，特别叮嘱，要认真学哲学，要读懂弄通《实践论》《矛盾论》。至今，我也说不清楚郑秘书的叮嘱，是在当时政治背景下的应景之言，还是他工作几十年的切身体会，不过，我是真的记在心里，并付诸了行动。

哲学揭示的是事物发展变化的最一般的规律。这句话阐明了学哲学的重大意义。可是，一开始接触这句话，我却产生了误解。按照字面理解，“一般”即普通、平常、不高级，当时就想，我们是来学写新闻的，要学许多东西，哲学既然是普通、平常的理论，也就无须特别重视了。好在那时的我们，既没歌厅也没舞厅，一两个星期才看一场电影，有的是时间。随着阅读的深入，我才恍然大悟，这里的“一般”是指一切事物，是无所不包，任何事物的运动规律都逃不出哲学所揭示的事物发展变化的最一般的规律。于是，我不敢懈怠，一字一句地啃，不懂的就向郑秘书请教。终于有了粗浅理解。郑秘书要我们学哲学后，我还郑重其事地购买了《反杜林论》《哥达纲领批判》，遗憾的是，终因深奥难懂，不得不束之高阁。而《实践论》《矛盾论》，固然也不是一看就懂，但是，因为它紧密结合中国实际，而且用通俗易懂的语言表达，大大增强了亲切感，减轻了钻研的难度。“迎刃而解”“你要知道梨子的滋味你就得亲口吃一吃”“温度不能使石头变为小鸡”“孙悟空七十二变”“宋江三打祝家庄”“炸弹在未爆炸的时候”“不入虎穴焉得虎子”“牵牛鼻子”“眉头一皱计上心来”等通俗易懂的语言，有效地助我读懂了一个个哲学原理。

再一次下功夫学习哲学，是十年后参加江苏省高等教育自学考试。当时，我已参军十年，已经是师政治部组织干事。由于十年前的基础，《哲学》《形式逻辑》这两门课考试我都得了高分。

随着岁月的累积，我愈加深刻地认识到，哲学是“明白学”“智慧学”。哲学讲的是科学的世界观、方法论，为人处事、生产生活都与哲学相关。

我当班长时，先后两次生病住院，都是肺上问题。第一次叫非典型肺炎，第二次刚入院怀疑是肺结核。当时，我已是干部苗子，一生病，提干搁浅了。但我不气馁。生病出院第二年，我被派到一个新闻报道工作落后的营蹲点，团结带领大家全年用稿30多篇，打了翻身仗，我个人荣立了三等功。然而，提干的事仍然杳无音信。这时，我的一位老班长点拨我说，你的工作能力有目共睹没有问题，可是你的身体让组织不放心，是马是骡得拉出去遛遛。一句话点醒了我。入伍后，我一直重视军事训练，也练就了过硬的本领。于是，除了写稿，我每天抽出大量时间参加单双杠、投弹等军体活动。适逢团政治处主任魏世达到营里蹲点。他是当时的优秀政工干部，几乎每天傍晚他都会到操场上跟战士们一道练习投弹。我也就几乎每次都参与其中。魏主任当战士时就是训练尖子，当了团领导后，投弹还能保持在 40 多米。我是左撇子，毫不示弱，最好成绩达 50 米。政治处的这一官一兵，赢得了训练场上一阵阵叫好声。没过几个月，在一批新提干部名单中，终于见到了我的名字。此时，已经是我当兵第六年。

1996 年，我接到任务牵头筹办《宝应日报》。一个全新的工作，头绪很多，总编怎么当？在到邻县考察时，听到了许多好经验，有如何抓考核的，有如何抓发行的，有如何抓版面的，有如何抓创收的，等等，这些我都记下了，并结合实际进行了运用。在这许多条经验中，我本人亲自抓的最重要的一条，则是“授人以鱼不如授人以渔”。在繁忙的创业之初，我始终牢牢抓住业务学习不放，亲自策划学习内容、时间、方法，除了不断布置自学外，每周一次集中学习雷打不动，阅读、交流、稿件点评穿插进行。记得有一本厚厚的《报海求是》，有几十万字，我们用最原始的集中学习、轮流朗读的方法，从头到尾读了个遍。可喜的是，办报第三年，《宝应日报》即在全省评比中被评为县市报三等奖。经几茬人的努力，当初那批从来没有搞过新闻的年轻人，不仅写得一手好稿，也全面提升了其他素养。

2005 年，我与正润公司签下了 150 亩稻麦田承包 8 年合同。在调研中，我多处请教，不止一次听到种粮大户说过一句话，“稻麦都会长，就怕烂麦场。烂了一季麦，两年补不上”。让我一下子想起 1971 年刚当土记者时经历的烂麦场情景。正当小麦开镰，梅雨来了，下个不停，麦粒在还未割的麦穗上发芽，已割下的麦子无法晾晒，发霉成了“酱黄”。当时，全县只有种子公司一家有粮食烘干机，是为粮食制种户服务的。而加入稻麦制种行列条件苛刻。为了避免烂麦场，我们想方设法创造条件，加入了制种行列。8 年 16 季稻麦，许多次我们与雨灾狭路相逢，但是有烘干机保障，我们季季丰收，没有出现过一次烂麦场。

回想起来，班长的点拨、邻县报社的经验、种粮大户的教训，无疑都是那几个方面的具体智慧，使我从中提升了能力。然而，这些“点拨”“经验”“教训”无不通向一个最一般的规律：“在事物的发展过程中，有许多矛盾存在，其中必有一种是主要矛盾，它的存在和发展规定或影响着其他矛盾的存在和发展。”因此，矛盾的主要方面在矛盾中起着决定性作用。在认识和解决问题的过程中，我们要抓住事物发展的主要矛盾和矛盾的主要方面。抓住主要矛盾，一切问题就迎刃而解了。不抓主要矛盾或抓不住主要矛盾，工作就会陷入迷茫，不分主次，事无巨细，眉毛胡子一把抓，即便忙忙碌碌也事倍功半。而这正是《矛盾论》的一个重要观点，即辩证唯物主义的方法论。我若能自觉运用它，就能在生产生活中少走许多弯路。

2017 年 10 月 20 日

矛盾面前见本事

在许多文学作品中，农村人是纯朴的、憨厚的、善良的、诚实的，农村生活是静谧安详的，如世外桃源一般。然而，真正深入其中，你会发现有不少是表面的错觉。如果想在农村站住脚，过上好日子，更要动一番脑筋，掌握一些生活哲理。其中重要的一条，就是学会认识矛盾、面对矛盾、处理矛盾。

鸡争鸭斗无处不在。一位退休后回老家居住的朋友告诉我，过去难得回老家，以为老家很祥和。可是住下来后发现，矛盾也不少。群众对村组干部有意见，认为他们雁过拔毛，雇来的外地收割机割稻子，他们家的田总会少花钱。河东的二爹爹对河西的大爹爹心怀愤懑，认为在两家菜地交界线上，河西大爹爹明显地多点了一路黄豆。北头的大奶奶发誓往后再不跟南头的二奶奶打纸牌了，因为她牌品差，老是抢先摸牌。更有甚者，邻村有个老弟兄俩，二十多年前吵过一次架，至今弟兄俩、妯娌俩互不搭理，哪怕被安排在同一张桌上吃饭也互不言语。这其实应了一个哲理，矛盾无处不在。毛泽东哲学名著《矛盾论》中全面论述了矛盾普遍性和矛盾特殊性原理，指出，矛盾的普遍性包括两方面的含义，其一是矛盾存在于一切事物的发展过程中，其二是指每一事物的发展过程中存在着自始至终的矛盾运动。也就是说，商界有坑蒙拐骗、官场有尔虞我诈、乡野有欺行霸道，世间没有世外桃源，而且一直会存在下去。想在乡下生活，就必须充分认识这一点，才能世事洞明、人情练达。有不少搞合伙经营的，头几天比蜜月里的小夫妻还亲，到处宣称，他俩“合脾气”，可是，几个月不到就闹着散伙，这分明是他们看人看事的眼光有偏差。

求同存异互相包容。朋友陈老弟与一合伙人一起经营一家小企业。本着疑人不用、用人不疑的原则，他对合伙方很放手，也很信任。然而，在经营活动中，他发现，自己在经手一些业务，比如选择进货渠道、确定销售客户时，合伙人经常狐疑满腹，并在脸上表现出来，搞得自己只好缩手缩脚。一次他对一个亲戚倒了这个苦水。这位亲戚说："人无完人，他幼年家寒，父亲又脾气暴躁，经常为家里少了几角钱无端打骂子女，久而久之，他也养成了多疑心理。你要多看他其他方面的长处，宽容他的这个缺点。"此后，陈老弟多了一个心眼，尽可能把自己经手业务的来龙去脉主动讲一讲，尽管有时按道理是不需要的，但这样就避免了合伙人产生疑虑的可能性，从而保证了合作的顺利。

拿捏分寸化解危机。遇到矛盾，往往有三种处理态度：一是逃避，装作看不见，或者憋在心里不说，结果越拖越严重，迟早会爆发。二是用简单的办法处理，导致分裂，两败俱伤。三是拿捏分寸，化解危机。邻村刘老哥给我讲了他身边的一件事。有一个农场，由甲乙双方合伙经营。甲方因为另外有事无法推脱，没有精力再过问农场，又觉得完全丢给乙方经营，太亏自己，便提出自己出让一半股份再邀请一位双方都熟悉的朋友入股经营。乙方感觉甲方这样做是对自己的不信任，于是提出自己退股。周围有人建议就让乙方退出。甲方冷静思考后，意识到乙方似乎对自己不被信任心里不快活，应该给予充分理解，不应责怪；乙方提出自己退出合作分明不是本意，他并没有做好中途散伙造成经济损失的心理准备。根据这个分析，甲方提出，如果不同意增加股东，就由甲方委派一位工人兼任会计。结果乙方同意了这个方案，避免了散伙。处理矛盾不能像"瞎驴碰草垛"，权衡利弊、有进有退才是明智的选择。

小损小亏不予计较。农村的纷争大多与经济有关，而化解矛盾难以真正一碗水端平，这就需要有一方大度一些，对无伤大体的吃亏不予计较。农村有个说法，“量大财大”。许多农业项目无法量化，无法像工业企业那样施行严格的与质检、保管、现金、总账等相关的一系列制度，经营者一定要经常事先设定好能承受的亏损阈值，这个阈值要在自身能力承受范围内。你不能当冤大头或穷大方的人，也不能当小气鬼。如果你年入数十万元，就不要再为几元销售款与客户争得脸红脖子粗了。如果你比别人有钱，还要经常主动花些小钱，润滑人际关系，不能当一毛不拔的铁公鸡。甚至，因为你的时间和精力更加值钱，有时你还要忍气吞声地花钱买平安。

2017 年 11 月 10 日

平衡木上你能得几分?

农民尽管生活在社会底层，身处偏远乡村，地位低微，但绝大多数人仍然积极向上，总希望把日子过得越来越好，而不是“过得不如人”。然而，现实中总有不少人过得跌跌撞撞、不尽如人意。

搞水产养殖的人家，现已在大面积推广生物菌技术改善水环境。可是，有一家对一般常规药物的使用技术都没有掌握好。每年用药总是“过年看邻居”，照葫芦画瓢，几乎每年都出问题，不是死鱼就是死蟹。搞养殖也不少年，却就是不赚钱。

有的人家，男人起早贪黑忙，家里有事做家里事，家里没事就外出打工，忙得脚后跟打屁股，跌个跟头都要抓把泥。可是，同在一个屋檐下的妻子却什么都不想做，农活不做，饮食起居的家务活也是敷衍了事，家里乱得像草堆。

还有的人家，老两口勤俭持家一辈子，可是对子女就是严不起来，结果，儿子不好好上学又不好好工作，早过了三十岁，仍然啃老度日。

马克思主义哲学有一个重要观点：世界上一切事物之间，以及每一事物内部的各个部分、方面、要素之间，都是相互联系、相互制约的。一台机器，有若干个部件，要使机器运转良好，就要若干个部件都功能正常。持家如此，经营农场更是这个理。通俗地说，你要会玩平衡木。

短板设法去补上。木桶效应是美国管理学家彼得提出的，它揭示了一个道理：一个由多块木板构成的木桶，其价值在于它的盛水量，但决定盛水量多少的关键因素不是其最长的板块，而是其最短的板块。一个农户家庭，要过好日子必须有致富项目，这是大事。但是光有致富项目还不够，还要内部和睦、外部融洽、饮食讲究，等等。如果某一块短了，就要想办法补上。

遇到难事要敢啃。生活在社会底层的农民，可以说终身与难事结伴同行，拥有坚强的毅力，敢于向生命极限挑战，是成为合格农民的首要品质。如果被困难压趴，还谈什么平衡？村上三十几户人家的房子原来都是草房，现有好几户人家都建起了高大的砖瓦楼房，让人羡慕。然而，如果你深入了解一下他们的建楼过程，你就会被感动到。有几家的楼房是20世纪80年代砌起来的。建房头一年，他们先是想方设法租下柴滩，全家住在柴滩上起早贪黑地砍柴。到了第二年，全家又齐心协力、夜以继日地掼砖坯。砖坯准备好后，接下来就要烧砖了。烧窑是一场突击战，一点火就不能熄灭，夫妻俩七天七夜都没合眼，累得跑路都打瞌睡。楼房建成后，一家人都瘦了一大圈。然而，因为他们吃得苦中苦，如今成了“人上人”，可以站在自家楼上俯视全村。

新的东西用心学。几十年前，农村基本上处于“半凝固”状态，变化的节奏非常缓慢。记得我初中放假时学会了拧捆麦把的“草葽子”，没有学之前觉得神秘，掌握了动作要领后，一辈子也没有忘。我想，这个拧“草葽子”的方法应该流传数千年了。那个年代，当一个农民，花上一年时间，基本上能学会割麦、挑肥、罱泥等几项农活，一旦学会终身受用。可是，今天大不相同了。光是稻麦治虫防病的农药就年年换，尽管大部分成分没变，但名字不一样了，你得学会分辨。水产养殖上，新技术、新品种、新模式、新饲料，更是不断更新、层出不穷。如果用老眼光看问题，认为当农民无须读书，那就大错特错了。叔本华说：“识字就要读书。”因而农民也要读书，首先要读农业科技书。不学习不进步，是最可怕的不协调、不平衡。因为这个时代变化太快。

远的事情要会想。古人云：人无远虑必有近忧。我们的今天，曾经是父亲的明天，爷爷的后天。今天的家族兴旺，离不开上辈的行善积德。回忆家族史的时候，我总是对我爷爷和父亲的远虑肃然起敬。我的爷爷七岁丧父，家里只有一亩七分地，没有条件上学读书。然而，他极富远见卓识。成人以后，家里虽然还不富足，但他硬是供养我父亲读书到 19 岁，使他成为十里八乡有名的文人和非常出色的农村会计。我父亲的远见，更是让我们子女永世不忘。他让我们三兄弟都读完了高中，让妹妹也读到初中毕业。在当时高考还没恢复的情况下，高中毕业生是农村最高学历了。正因为父亲的坚持，才出了小南庄庄家三军官。每当想起父亲，我就会想起 1969 年 3 月底的那个深夜，我在村头送大舅回家时的情景。如果没有父亲的远见，不会有我们家族的今天。

2019 年 11 月 20 日

明天，我在哪一层？

我老家小南庄，虽然只有三十多户人家，100多人口，但却有徐、李、季、吕、武、庄、蔡七个姓氏。老人说，几百年前，小南庄是一块柴滩，是个落难的地方，穷人汇聚到这里垦荒谋生，才有了后来的村庄。村里没有大富大贵人家，新中国成立时，最高的成分就是两户中农。人民公社以后，贫富差距更小了，全生产队没一块瓦片，一家断顿，全队的米缸也见底了。

外出闯荡五十年后，我又回到了小南庄。老人们都已不在，发小们都变成了老人。除了这个变化外，我还发现，各家各户的情况明显地不再一样。五十岁以下的后生，除一两个守着家园外，十有八九都到天南海北去谋生了，相互间的差距也在明显拉大。有两个有了过千万的资产，逢年过节，宝马、奥迪等高档车开到村头排成一溜儿，好不气派！然而，与此同时，村里也出了困难户。变化更大的是，过去生产队队长一吹哨，大家都得跟着去干活，不敢违拗。而现在，人们有了更多的自由。正是这个自由，让人与人之间的区别越发明显。几户已经富有的人家，过了60岁，依然早起晚睡一年忙到头，而且忙得起劲儿。而两户过得不如别人的，却已经没有了斗志，年纪不大就过上了“退休”生活。

《圣经》中有则寓言：

从前有一个国王要出门远行，临行前交给三个仆人每人一锭银子，吩咐道：“等我回来再来见我。”待国王回来时，第一个仆人报告说：“你给我的一锭银子，我已经赚了十锭。”于是国王奖励他十座城邑。第二个仆人报告说：“你给我的一锭银子，我赚了五锭。”于是国王奖励他五座城邑。第三个仆人报告说：“主人，你给我的银子我一直包在手帕里，生怕丢失，一直没有拿出来。”于是国王将第三个仆人保存的银子奖赏给了第一个仆人。说：“凡是少的就连他所有的也要夺过来，凡是多的还要给他，叫他多多益善。”

这就是著名的马太效应。它揭示了一个道理：任何个体或群体，一旦在某一方面（比如金钱、地位等）获得成功和进步，马太效应就会使领先者获得一种优势的积累，随着优势的积累，强者将有更多机会变得更强，而弱者将被拉开更大的距离。

这是残酷无情的现实，然而许多人浑然不知。

可能有人以为，只要我们实行社会主义制度，就能自然而然地实现共同富裕。这种想法太天真幼稚了。社会主义制度的确不会让贫富差距无限制地扩大，它能确保大家都能解决基本的温饱问题，不会出现饿死人的情况。但是，共同富裕并不是平均主义，不是要让每个人都过上同样的生活。这就好比大款们能天天吃山珍海味，而乡下人随便是谁也不可能天天都能吃到这些。随着科学技术的快速发展，互联网、大数据、外太空，各种新事物层出不穷，人与人的差距越来越大。如果说知识不影响财富，谁还去绞尽脑汁钻研知识呢？因此，马太效应的魔力不仅难以消除，反而可能会随着各种因素的相互作用而变得更加显著。生活在农村的人，在获得资源上本身就处于劣势，稍有懈怠，就可能保不住原有的那“一锭银子”。

这是每个农村人无法回避的现实。纯朴的乡下人有为子孙后代着想的优良传统。如果真的为子女后代着想，那么能多“挣扎”一天就应该再多“挣扎”一天，尽力帮助子女阻挡住贫穷的代际传递。英国有个谚语：培养一个绅士需要三代人的努力。想要养儿强似父，怎么离得开你这一代的拼搏呢？

2019 年 12 月 10 日

32 台净水器

村头的促销热热闹闹搞了三天，终于落下了帷幕。

现代货郎的送货下乡活动，每年都要上演几次，每次都会有不少老头老太花上几十到几百元的冤枉钱，买一些从来没有打算购买的诸如电炒锅、去静电衬衣、丝绒被等。当然，收获也是有的，每天每人可以免费领取十枚鸡蛋。另外，平日聚集不齐的老熟人在大喇叭的招引下，差不多都见上了面，像过年一样热闹。

刚下乡那阵，我总会劝他们说，现在上街的公交车很方便，来回车票就两元钱，到大商场想买什么就买什么，还可以货比三家，不要听别人忽悠。可是，他们虽然点头但总还是喜欢去凑热闹。后来，我也就懒得再多嘴了。

让我没有想到的是，在这一次三天促销的最后一天，他们在我们村卖出了 32 台厨房净水器。更让我吃惊的是，每台售价 2 200元。我的心隐隐作痛。

四十年前，我们都喝河里水，讲究的人家会在水缸里放点明矾，但大肠杆菌肯定是超标的。三十年前，有了手按井，水是干净了，但井深只有十米多，水烧开后锅里会留下一层白垢，表明水质硬，矿物质超标。二十年前，村里打了深水井，水质大大改善。再后来镇上又统一打了更深的井。如今，我们这个全县最僻远的村庄，也吃上了与县城自来水公司相同优质水源的自来水。每当城里朋友问我住乡下是否习惯，我总会自豪地说，我们与县长喝的是一样的水。也就是说，现如今，吃水是一点不用烦神了。

买净水器的，都是在本地长大的熟人，也都已经过了五十岁，都喝过大肠杆菌超标的河水，而且，他们中的大多数男士，抽的香烟一包五元以下，喝的白酒一斤五元。可见，2 200 元对他们来说真的不是个小数字。但是，他们就是很豪气地花出去了。到底为什么？

经历者的讲述，让我基本明白了不再童叟无欺的现代货郎的套路。促销的前两天，他们雇人散发广告，每天给每位到场的人发十枚鸡蛋，送一副手环。第二天，用全自动洗衣机作奖品，动员大家先购买，然后抽奖，其中的中奖者免费得到洗衣机，其余没有中奖的全额退款，刺激大家的参与欲。第三天，进入主题，抛出净水器。主持人声情并茂地讲："净水器是健康的保证，净水器是家庭富贵的标志，净水器是长辈关爱儿孙最好的体现。"

乡下人也爱面子，谁愿意过得不如人呢？他们眼下的主要任务就是在家陪孙子读书，哪能亏了孙子呢？于是，在主持人越来越亢奋的煽情下，老乡们的购买欲一下被激发出来了。

眼看着火候已到，现代货郎又在价格上出招。主持人大喊道，净水器国外价 6 000 元，我们只卖 4 000 元。

见没有人吭声，他又接着喊，现在我们让利销售。随着 3 500元、3 000 元、2 500 元的片刻沉默，终于，在主持人喊出 2 200 元时，有一人举起了手："我要一台……"

一个正从上海回老家看父母的后生，听说后不禁哑然失笑："淘宝上的售价只有几百元啊！"

迷茫中我想起了心理学中有关"沉锚效应"的一个故事。

一家卖三明治的小店里有两名售货员，其中一个售货员的营业额永远比另一个要高。要知道，在购买餐点时顾客一般是随机选择售货员的，甚至会选择排队少的那个售货员。所以，从理论上讲他们的营业额是不应有太大区别的。这种现象引起老板注意，于是他特意站在柜台边观察。发现，每当顾客点餐时，其中一位售货员会问他，需要加一个煎蛋吗？客户有说加的，有说不加的，比例基本是一比一。而另一个售货员则问，请问需要加一个煎蛋还是加两个煎蛋？这时至少有百分之七十的顾客会下意识地回答加一个或者加两个，只有百分之三十的顾客要求不加煎蛋。自然而然，后一个售货员比前一个售货员的营业额高出了许多。这就是一个典型的沉锚效应。

心理学家研究发现，人们在做决策前，思维往往会被自己获取的第一信息所左右。第一信息就像沉入海底的锚一样，把你的思维固定在某处，从而产生先入为主的外驱认识。之所以成为沉锚，是因为这个锚点埋藏于意识的深处，很多人甚至都意识不到自己已被埋入了锚点。以为自己是通过独立思考做出的决策。其实自己已在不知不觉中被先入为主的信息误导了。后一个售货员正是成功地在顾客决策前埋下了一个沉锚：需要煎蛋。因此，顾客思考范围就被锚定在要几个煎蛋上了，只有很少数的人会想到自己还有第三个选择。

思维锚定是人的心理反应，彻底克服绝非易事。我们在思考问题时，总会不自觉地大量接收信息从而形成某种思维范式。而这种信息一方面有助于我们思考，另一方面很可能是沉锚，锚定我们的思维。

如何减少沉锚效应呢？心理学家给出的首要方法就是，尽量拓宽视野。所谓先入为主，思维被锚定，归根到底是存储的信息量太少，如果早就见过大大小小、形形色色类似的“锚”，就有可能一眼看穿那些招数。科学家告诉我们，人的大脑很奇特，当处理信息时信息量越少，对信息的分辨能力就越弱。相反，在处理海量信息时大脑反而会高速运转，判断出哪些信息是有价值的，哪些是无益的沉锚。沉锚效应往往与孤陋寡闻相伴而行。昔日的水乡人，必须练就不晕船的本领，而今天的水乡人，还得学会不被歹人忽悠的本事。否则，即便你坐在偏远乡下的家里，也可能会遭遇高智商犯罪分子的诱骗式抢劫。

2019年12月13日

干 鱼 风 波

社会心理学有一条定律，叫控制错觉定律，指人类特别相信自己的直觉，哪怕没有理论依据，不符合逻辑，他们也会坚定地相信自己的直觉。凭直觉办事的人高估自己的非逻辑和非理性知觉，仅仅在直觉的引导下做出一些非理性的判断。

那年的干鱼风波，算得上农场生活中印象最为深刻的一次“非理性判断”。

初春，塘口正准备给套养龙虾的藕田干塘取鱼，来了几位不速之客，他们是渔业村的村民，声称春天没有事做，有意一把包下这个塘口的鱼虾。

干塘是个繁杂活，首先要找拉网队伍，每人每天的工资是150元，还要给一包香烟、供应午餐，网头子的网也要领取一份工资。这个塘口是个老藕田，淤泥深到大腿根，一些年老的拉鱼工人，经常陷下去爬不上来，很让人担心他们的安全。其次要联系好购鱼的鱼贩子。现在上市的鱼虾都要求新鲜，所以鱼塘取上来的鱼必须与鱼贩子的活水船无缝对接。可是，一般的鱼贩子往往只收他们卖惯了的某几种鱼，其他品种鱼不收，而这个塘口不是精养塘，野杂鱼多，那就得另找一个对口的鱼贩子。塘口位于三县交界处，可以联系盐城鱼贩子，也可以联系兴化鱼贩子，当然还可以联系射阳镇上的鱼贩子。不管是哪一个贩子来拿鱼，不管行情怎么变化，出塘的前一天必须敲定各种鱼的价格。不然鱼出水后一旦扯起皮来，他大不了拍屁股走人，吃亏的就是塘主。除了价格上要摸准行情、防止被宰，在规格上也要十分留意。鱼出网后先要分规格再过秤。一条鲫鱼算二两还是算二两以下，全凭拉鱼师傅手上的感觉，而二两与二两以下价格相差很大。每天鱼贩子到塘口来的第一件事，就是逐一敬烟，再送给网头子一整条香烟，也就是每人一包，请大家手下留情。每个拉网季，鱼贩子和拉网队伍会在好多个塘口相遇，所以他们的关系都比较好。稍不留神，原本半斤的鲫鱼就被甩进二两的筐子了。拉网是非常辛苦的活，拉网那几天，拉网队伍是上帝，十个人中哪一位都可以扯起嗓子使唤塘主。塘主也只得忍着。

所以说，有人承包，免除诸多繁杂，何乐不为？

问题的关键是塘里有多少鱼虾，能出多少价。塘主不是奸商，但也不愿意做冤大头。于是，让客人们好好商量一下再报价，然后再商量。

十几位打鱼谋生的村民，都已过了 40 岁，其中有两位还是年过花甲的长者，他们都是捞鱼摸虾几十年的专家。达成初步意向后，他们分乘两条船，来来回回地在塘里开，不时用船篙子拍打水面溅起浪花，惊起水里的鱼群四处逃窜，形成一层层微缩版的钱塘潮。原本，塘主以为，客人们会仔细问一问，上年出了多少鱼虾，今年放了多少鱼苗，投了多少饲料等跟产量有关的重要数据。

可是，对于这些，他们并不感兴趣，他们相信自己的眼睛。在塘里开船转了两圈，上岸后，几个人一合计，便立马报了价。当时，塘主也在心里暗暗设了底线，低于这个价就免谈。没有想到的是，他们报的数明显高于塘主的预估，塘主有点喜出望外。于是，塘主郑重地提醒他们："我们不再加一分钱，但合同一经签订，你们就是取不到一条鱼，也要兑现合同。"长者自信地说："我弄了一辈子鱼，不会走眼的。"

放鞭、烧香、抽水、拉网、捉鱼、过磅、点钞，十几位男女劳力忙得热火朝天，鱼塘里充满了欢声笑语。三天后却风云突变，干了一半的工作偃旗息鼓了，男男女女一个个拉长了脸。原来，取到的鱼不及他们预估的一半。

是继续执行合同还是毁约，双方连着吵了两天，最后，村干部出面调解，事情才得以了断。

心理学家指出，人类特别相信自己的直觉，这是一种本能。在漫长的进化过程中，人类多次面临生死存亡的抉择，必须相信自己的直觉，而不是把命运交给未知。可以说，控制错觉所带来的自信，就是人类一步步走上进化链顶端的动力之一。然而，很多时候，正是这种本能让我们自信地犯错。这是心理学反复提醒人们的一点。在传统农业中，凭直觉做事是很常见的，但是随着社会的发展进步、人们文化程度的提高，以及讲量化、讲概率、讲大数据时代的到来，凭直觉、拍脑袋做事的思维习惯应该克服掉了。

2019 年 11 月 22 日

为啥一年就散伙

堂叔50岁出头，堂侄小他6岁，都是种田能手。不但传统农活样样在行，而且懂电工、懂机械，技术精，能吃苦。

听说邻村有一块200亩的土地对外发包，他俩一拍即合，合伙拿下这块土地种起了水稻。许多人都说他俩是黄金搭档，五年下来肯定能赚一笔。

然而，时间不长，村里人就听到了他俩不同的怨言。一个说："不管刮风下雨，我每天要到田里转一转，不看不放心。他倒好，根本不上心，整月看不到他去田头一趟。"另一个说："穷讲究，治虫防病全听上头的，一次都不敢少，教条主义。"

稻子破口时，镇农业技术推广站发通知说，今年水稻白穗病情况严重，要立即防治。堂侄提议赶紧治，堂叔却说田里看不到什么虫，不要慌，不要急着用药，能省则省。堂侄实在忍不住，自作主张治了一遍。因为双方意见不一，虽然治了，还是耽搁了两天，田里出了白穗。为这事，双方都对对方有意见。这年秋天稻子一收割，两家一致同意，把田分成两块分开种。两人心知肚明，再合伙下去肯定会加深矛盾。

20世纪80年代农村推行改革后，合伙干的形式如雨后春笋般涌现。包括父子、弟兄、亲戚、朋友搭档合作的，然而，能合作成功的寥寥无几。有人说，数千年的农业社会都是分散经营，这使得中国农民成为个性最为张扬的群体，他们喜欢无拘无束，不大习惯与人合作。对许多人来说，合伙即下地狱。这话不无道理。

澳大利亚心理学家对企业经理级高管做了一个自我认知调

查，结果发现，90%的高管对自己的业绩评价高于平均水平，只有1%低于平均水平。在加拿大一个全国性调查中，91%的妻子认为自己承担了大部分食品采购工作，但只有76%的丈夫同意这一点。

社会心理学家得出结论，每个人都有一个通病，那就是在每个人的内心深处，都认为自己比普通人要强。心理学上取名为“自我服务偏见”。当我们加工与自己有关的信息时，会出现一种潜在的偏见：一边轻易地为自己的失败开脱，一边欣然接受成功的荣耀。在很多情况下，把自己看得比别人要好。

自我服务偏见可能会造成人际冲突，在团体合作中，会让人觉得自己而不是别人做出了主要贡献，而在不顺利时则倾向于批评合作者。这种归因错误，严重影响人际关系。

随着农业的现代化发展，农民之间的合作变得越来越重要。如果不克服自我服务偏见，总是浑身是刺，看不起别人，就很难成为现代农民。

如何克服自我服务偏见呢？心理学中的“镜中我效应”，或许可以为我们提供一些帮助。美国心理学家查尔斯·霍顿·库利认为，一个人的自我观念是在与其他人的交往中形成的，一个人对自己的认识是其他人对于自己看法的反映。它所具有的这种自我感觉是由别人的思想、别人对自己的态度决定的。每一个人都是另一个人的一面镜子。个体往往需要通过社会其他人的评判才能完成对自我的认识。我们是什么样的人，很大程度上是由社会反馈决定的。“人不知己过，牛不知力大。”因此，我们经常照照镜子，心平气和地听听亲戚朋友的意见，这样可以由“不知”到“知”，了解自己的长处和短处，从而减少偏见，正确认识自己，做一个能够与人合作共事的现代农民。

2019年11月21日

藕和蟹的“过山车”

退休回老家的九年时间里，我承包了近500亩水面养殖荷藕和河蟹，也亲身经历了两次惊心动魄的“过山车”式行情。

2011年底，我承包了上一个承包方留下的我们村的400多亩藕田。荷藕有每隔六年需要改种的习性。经过上一轮六年的承包，我的藕田应该进行改种了。我原本也计划改种芡实。可是，2012年5月初荷苗出土后，我发现灭茬的难度比想象中要大得多，这完全出乎我的意料，打乱了我的计划。于是，我不得不做出妥协，留下一半面积继续种藕，集中力量开辟另一半藕田来种植芡实。幸运的是，专家和老藕农看过现场后一致认为，这个藕田的前茬是历史悠久的芦滩，地力足，再种几年荷藕应该没有问题。

虽然老藕田藕的品质和产量不及新藕田，但是当时市场上藕的价格坚挺，塘口价每斤9角以上，加上我早有规划，在藕田、芡实田套养了龙虾，龙虾收入最好的一年超过30万元，加上每亩田可出2 000斤藕，效益也就说得过去了。

就在第二年，藕田套养龙虾能赚钱逐渐成了水乡热议的话题。我们也按捺不住，到了第三年，不再种芡实，全部改成种藕。当我们忙完扩藕，环顾四周时才发现，去集镇、盐城的公路两边，一下子新增了许多由稻麦田改成的大大小小的藕田。这一景象让我不由得地担忧起来。

果然，这一年秋藕上市，上一年的价格没维持几天就一路下滑，上年能卖到1.4元一斤的好藕，春节前只能卖4角一斤。这其中要拿出3～4角支付淘藕工的工资。为了及时止损，只能眼睁睁地看着新扩的200亩新藕烂在田里。种藕大户弃藕跑路、失信躲债的新闻不绝于耳。

在诗人、画家的眼里，荷花很美，可是那两年，我看到荷花就心烦。2016年荷藕市场饱和后，我们迅速改养河蟹。当时，河蟹的行情不错，因为我们行动迅速，过了两年的好日子。虽然我们刚入行，养殖技术不精，不敢高密度、大投入，可是，因为价格较高，中等规格的母蟹30元一斤、公蟹20元一斤，效益最好的一年，每亩盈利超过千元。

可是，好景不长。2019年春，在去集镇、盐城的公路两边，一下子又冒出了许多蟹塘。“钱不能让一家赚”，让人担心的事终于还是发生了。当年底，公蟹的价格只有10元一斤，比上年掉了一半。许多新塘出现了亏损。

两次血淋淋的教训，让我对羊群效应有了深切的感悟。

羊群效应是心理学定律。它最早是股票投资中的一个术语，指在交易过程中出现的学习与模仿现象，即人们会盲目模仿他人，从而购买或出售相同的股票。心理学家告诉人们，从众效应的核心是个人在群体力量面前放弃理性判断，追随大众，否定自己的意见，并且不会从主观上思考事件的意义。从众是常见的社会心理现象，是与独立性相对立的一种意志品质，从众心理强的人缺乏主见，易受心理暗示影响，容易不加分析地接受别人的意见。人类的进化历程，证明了这一行为有着深刻的社会历史根源。它曾经是生存良策，谁不这样做，谁就会早早地从基因池中消失。这一行为模式深深根植在我们体内，至今仍在被使用，因此不应被简单否定。但是，社会日益复杂，甚至有人利用从众心理诱导人们上当受骗。因此，遇事不能不加分析地顺从大众行为，不能盲目地随波逐流，一定要多一些独立思考精神，少一些盲目从众行为。

纯朴的农村人长久以来喜欢“看邻居过年”，现在搞现代农业，可要多一个心眼了，要学会运用逆向思维、发散思维等现代思维方法。我们的政府相关部门和行业协会，也应该下真功夫搞好服务。河蟹历年最多面积是多少，目前面积有多少，对扩产有何建议？一般农民无法获得这样的大数据，可是政府部门和行业协会能办到，如果能及时、准确地通过可信度高的官方平台将这些信息传达给底层农户，就可以大大减少“井底之蛙”和“随群之羊”带来的惨痛教训。

2019 年 11 月 20 日

染血的皮带

心理学中有一个著名实验：斯坦福监狱实验。1971 年，美国心理学家菲利普·津巴多建立起模拟监狱，招募了 24 名男性大学生当志愿者，将 24 人平分为两组，一组扮演狱警，另一组扮演囚犯，津巴多扮演典狱长。为了保证实验顺利进行，每个志愿者签了一份协议，同意在实验中放弃部分人权。实验开始后，大家并没有很快进入角色，尤其是囚犯，丝毫没有顾忌狱警的威严，狱警也无法狠下心来惩罚囚犯。于是，第二天一早发生了暴动。在典狱长的严厉监督下，一些狱警开始学着镇压囚犯，而且学得很快，惩罚措施越来越重，以至于研究人员不得不干预制止。一天半时，一名囚犯因为精神压力过大出现了歇斯底里症状，不得不退出实验。两天时，有人被折磨得濒临崩溃。志愿者狱警则很享受折磨囚犯的过程。甚至津巴多本人也进入了典狱长角色，每当惩罚囚犯时他会兴奋地对女友说，快看，太棒了。到了第六天，场面完全失控。狱警彻底沉迷于肆意忘为地运用权力中不能自拔。在女友的强烈抗议下，津巴多才不得不停止实验。

事实上，津巴多与其他志愿者在现实生活中都是名副其实的好人。可是，在斯坦福监狱中，那人性的路西法，即著名的从神堕落为魔鬼的存在，被彻底释放了出来。

斯坦福监狱实验向人们揭示了一个道理：世上没有绝对的善人，也没有绝对的恶人。善与恶同时潜伏在人性深处，在不同环境轮流出场。只不过在社会秩序良好的环境下，恶的因子被深深隐藏在人们心底，但只要有合适土壤，比如像斯坦福监狱实验这样的法外之地，路西法便会毫不犹豫地苏醒，把一个个好人变为坏人，把一个个温文尔雅的绅士变成嗜血的狂魔。这就是路西法效应。这是一个惊人的发现。此前，我们总是在纠结如何区分善与恶，强调要培养好人，防范坏人。斯坦福监狱实验告诉我们，没有绝对的好人或坏人，只有表现得像好人的人和表现得像坏人的人。所以，不要以为自己面对的是个好人就疏于防范，好人只是特定场合的好人，或许换一个环境，当好人突然有了可以施暴而不受惩罚的权利时，他就会变成魔鬼。英国有一句谚语："每个人的衣柜内都藏着一具骷髅。"换句话说，即使是好人，心里也深藏着魔鬼。一旦我们对某人绝对信任，就等于把命运交给了那个随时会苏醒的路西法。虽然人与人有修养区别，但许多年前，我们同虎狼生活在同一个丛林，进化让我们越来越文明，但却不可能百分之百地清除"恶"的基因。所以，防人之心不可无。

每当回想起"文革"，我的脑海里就会闪过一条染血的皮带，涌起一阵隐痛。

我家属于上中农，曾参加过红卫兵大串连活动。然而，当我从上海回来后，听到的第一个惊人的消息就是我家也被破四旧的红卫兵抄家了。我的一副由旧麻将改成的陆战棋被抄走了。那时我已是初中生，在同龄人中属于高学历，而当时学校已经停课，于是我回到了生产队挣工分，被选进了唱红歌唱样板戏的毛泽东思想宣传队。我还多次担任过《沙家浜》《红灯记》《智取威虎山》等折子戏的重要角色，因此情绪非常高涨。然而，让人烦恼的是，宣传队除了唱歌唱戏外，还要经常承担批斗"四类分子"的任务。一天，一个富农分子被吊到宣传队排练房的二梁上，让他交代反革命言行。能有什么交代呢？于是，便一阵拳打脚踢。

我自认为是个善良的人，至今我仍清晰地记得，当时我是想方设法躲避，始终没有对"四类分子"们动过手。可能打累了，抑或拳打脚踢不过瘾，一个队员提出用皮带抽。于是，大家的目光一起投向了我。我的腰间系着一条刚买不久的崭新的黄牛皮皮带，那是我使用过的第一条皮带，也是宣传队里唯一的一条新皮带，相当于今天的奢侈品了。用它当刑具去打人，我自然不情愿，可是，一个被抄过家的上中农子弟，没有敢做出硬性反抗。

在一声声痛苦的叫喊声中，我的皮带染上了一处又一处鲜血。

此后，我们大队的体罚不断升级，剪花头、跪细砖、在化脓生蛆的伤口上浇盐水，层出不穷，忍受不了折磨的就上吊自杀了，这事还接连发生，不堪回首！也可能我的态度暧昧不积极，不久，这些活动就不再让我参加了。

让我感到困惑的是，我们这个大队，百分之九十以上的家庭都是一样的姓，“文革”中被打的大都是本家族成员，他们都是明朝“洪武赶散”由苏州迁来此地的，是同一个老祖宗的后代。都说农民纯朴善良，那年代为何如此凶残、六亲不认呢?

困扰了我几十年的问题，在接触到斯坦福监狱实验后，我终于找到了答案。

2019 年 11 月 30 日

为什么有那么多高血压？

1977年，斯坦福大学社会心理学教授李·罗斯做了一项试验。首先他让志愿者做出一个选择，是否愿意挂上写有“来乔易饭店吃饭”的广告牌在校园里闲逛30分钟。志愿者中大约有一半同意挂，另一半不同意。然后，李·罗斯让同意和不同意的志愿者分别猜测其他人是否同意挂广告牌，同时猜测那些与他们选择不一致的人的特征属性。结果，在那些挂广告牌的志愿者中62%的人认为其他人也会同意这么做，并且说：“那些拒绝的人是怎么回事，这有什么不好的，假正经。”而那些拒绝这么做的志愿者中只有33%的人认为别人会同意挂广告牌，并且说：“那些这么做的人古怪至极。”

李·罗斯的这项试验是为了论证“虚假同感偏差”。它指的是，人们往往高估或夸大自己的信念、判断及行为在他人身上的普遍性。人们在认知他人时总喜欢把自己的特性强加在他人身上，认定他人与自己是相同的。通俗地说，即我们每个人都觉得别人和自己想的一样。那些和我们想法不一样的人无疑是某方面的怪胎。虚假同感偏差就是一种典型的缺乏换位思考的心理表现。

也就是说，在人际交往中，我们往往习惯于用自己的标准衡量他人的行为，把自己的情感、意志、特性投射到其他人身上，却没有意识到要站到对方的角度，用对方的视角看待世界。因此，他们会觉得别人所作所为无法理解。

进城工作几十年，感觉理解这一条对于在城里站稳脚跟很重要。四十年后再回到乡下，感觉乡下人更需要这方面的提升。

我是20世纪70年代后离开老家去部队的，当时的农村，还处于浓厚的集体主义文化时代。每天上工后的第一件事就是，政治队长领着大家学习“老三篇”。有一段时间，我担任了生产队的宣传员，每天中午，我都要跑到村子东头的桥上，用铁皮喇叭对着村庄朗读“老三篇”选段。在那样的氛围里，乡亲们只能把精力用于集体生产，虽然贫穷、压抑，但农村秩序还算井然。

如今回到农村，已是另一番景象。人民公社的束缚早已消失，青年人在家的已经很少，老年人也很少没有出去过，大家通过手机接触到的信息已不再是单一的，不同观念的摩擦和碰撞日益频繁。在乡下住久了你就会发现，叔侄不来往、弟兄不说话、妯娌不搭理习以为常，本是休闲娱乐的打麻将、打扑克，也会让他们三天两头吵架，掼牌的、骂娘的时有发生。甚至，在邻村还见过这样一幕：因为两家菜地临界的地方可能有一家多点了一路黄豆，说白了就是占了一点便宜，为此，两位当事人，一位七十多岁、另一位八十多岁，竟然都当场爆粗口，让旁观者震惊。生产队的成员不到调田、分红等关系利益的事情时不会集中碰头，而每次碰头几乎都要争吵。

有人说，过去的农民像麻袋里的马铃薯，没有组织性。而现在的农村，自治组织很多，但凝聚力不够，农民是麻袋里的枣核，浑身是刺。与此同时，我发现，目前的农村，中老年患高血压的比例很高。我认为，这二者之间可能存在一定关联。

在快速变化的农村，每一个生活其中的人如何让自己心态平和、情绪稳定，是一件非常重要的事。这就需要理解虚假同感偏差的原理，懂得“他人即地狱”的道理，学会换位思考，学会理解和包容他人，尽可能减少冲突，从而维护和谐的人际关系。

我认为，如何将各级组织和各种团体组织起来，让农村思想道德教育深入人心，使人们的思想道德水平不断提高，是振兴乡村过程中应该思考的紧迫问题。

2019 年 12 月 3 日

驴头不对马嘴

盐城有个藕老板，经营着一家藕行，专门收购当地荷藕，再销往全国各地，同时也销售给当地的加工企业。他平时除了经营藕行，还要管理承包的几百亩藕田，产业做得很大。他不到五十岁，人高马大有派头，穿名牌、戴名表、拎名包、开名车，上城下乡都很有气场，让人不禁多看他几眼。然而，一次藕款纠纷，让他的形象大打折扣。

在荷藕的市场交易中，农村的荷藕交易遵循的还是传统的交易方式，收购方来人打样，然后与卖藕的塘主讨价还价，敲定价格，并无文字合同。开塘后，每天天一亮淘藕工就下田淘藕，上午十点钟左右过秤，双方同时记账。藕款的支付，有时会在开始时先给两万元，隔几天视出货量情况再给两三万元，到整塘结束时补齐。如果资金周转困难，就只能在春节前结清。

三年前，藕老板在一个塘口拿了近二十万元的藕，卖给了一家荷藕加工厂。加工厂因为产品积压，资金无法回笼，一直没有支付藕老板近十万元的藕款。而藕老板以此为由，也不支付塘主的藕款。塘主向藕老板追讨了三年，只收到了三万，尚欠六万多元。按道理，藕老板拿走塘口的藕，卖给谁是他的事，赚钱赔钱也是他的事，只要他没有破产，这笔生意赔了就应该用其他生意的盈利来填补。但是他不这样想，他执意要等欠款还来后，再来还这个塘主的藕款。因为双方合作多年，塘主不好意思撕破脸打官司，毕竟几万元不是大数目，不想伤了和气。然而，藕老板没有逻辑的说话方式，实在让讨债的塘主难以忍受，尤其害怕听他语无伦次的讲话。

塘主心平气和地说："我们前后几年跟你做了上百万元的生意，你从中赚了不少，现在你生意规模越来越大，住宅越来越豪华，绝对没有到还不了债的地步，可是你赚钱不跟我们分，赔钱了你就不付我们款，这有点不讲诚信了吧？"

按道理，这不是聊天侃大山，而是正式的交涉，各自说话应该讲逻辑。而逻辑性语言应该具备三点：有结论、有理由、结论和理由应该相联系。可是，这位平日看上去很有气场的藕老板倒好，接过塘主的话茬，先讲一通最近新承包一块地有多艰难，地价有多高，估计赚不了钱，接着又讲现在人员工资涨了多少，他只得每天自己起早下田收龙虾，手都泡烂了，还裂了很大的口子。再接着又说，等拿到加工厂的欠款，一定还塘主的钱。

这显然跳过了塘主提出的讲诚信的问题，给出的答复明显偏离了塘主提出的论点，驴头不对马嘴。第一次这样说，第二次、第三次依然是这个套路，让人直觉恶心。

在传统农业时代，一家三口种三亩地，一起劳作时，就是凭借"我不说你也知道的"的感觉与他人进行交流。老子咳嗽一声，儿子就知道要加快速度了。但是搞现代农业就必须学会如何更好地与他人沟通交流，而逻辑思维就成为必备技能。对外打交道，至少掌握以下基本技巧：在阐述结论并说服他人时，最好找到三个支撑结论的理由，构成金字塔形状；掌握归纳法和演绎法，厘清头绪和关系；分析理由时无遗漏、无重复，先说结论，不让听的人产生焦躁感。这样，交流就会变得清晰而顺畅。

藕老板让人瞧不起，就是口头表达违反了逻辑思维规律，结论和论点产生了偏差。明明塘主强调的是做生意要讲诚信，藕老板应该直面诚信，而他却一个劲地讲生意难做，难道是要别人可怜他吗？显然与塘主的论点偏离。当然，这个藕老板也可能是揣着明白装糊涂。如是那样，就是人品问题了。那问题就更严重了。

事实上，对于藕老板来说，他未来的道路还很长。人们对他能力和人品的认可，比几万元钱要重要得多。由青年农民蜕变而来的农场主，一定要重视学习和提升，当生意做大了，逻辑思维能力也必须要跟上。名牌无法掩饰逻辑的缺失。

2020 年 4 月 24 日

圩堤为何年年加？

里下河地区搞水产养殖，圩堤一定要建好，要挡得了“下一涨十”（天上降 10 厘米，河里会暴涨 100 厘米）的洪涝。陶君也懂这个理，承包的塘口到手后的第一件事就是雇来挖土机加堤。塘口有四边，他让挖土机加了三边，剩下与别人交界合用的一边，他不加了。那一边明显地势低，家人劝他一并加一下，他硬是不加。结果，那一年 7 月发大水，其他三边平安无事，交界的塘口被淹，接着交界的圩堤决口了。看着快到手的鱼蟹被大水冲走，陶君的老伴痛哭流涕。

当年底，他只好又雇来挖土机加堤。家人建议，挖土机来一趟不容易，运费得过千元，既来了就加到位，既要加高，又要加厚。陶君大手一挥，说：“够高就行了”。结果，夏天洪水一来，好几处单薄的地段被冲破，人家的圩堤固若金汤，天天安心地打牌，可他全家日夜不宁。

春节一过，他又不得不雇来挖土机继续加堤。隔壁的两个塘主看了发笑，因为他们跟陶君同时承包塘口，只在第一年扒了一次，一步到位，没有留下一处缺口，每年汛期都高枕无忧。当时他们多花了一点钱，但是远远少于陶君三年的挖土机开支。

逻辑思维法中有一个重要的技巧：在分析问题时应用树状图，可确保问题的方方面面无遗漏无重复。《逻辑思维，只要五步》告诉我们：出现问题肯定存在某种原因。为了找出原因，我们需要反复问自己，为什么会出现这个问题？原因是什么？一定要深入挖掘，确保没有遗留和重复。在丰田公司，很多人都知道要“追问 5 次为什么”。

圩堤淹水，有可能存在的原因：一是圩堤过低，枯水期无所谓，一到汛期就漫圩；二是圩堤虽有高度，但是圩身单薄，汛期来临时，外水水位高，内外水落差大，圩堤容易决口；三是总体上圩堤是坚固的，但是存在看不见的险段；四是本来很结实的圩堤，树木砍伐后留在圩上的老树根腐烂成空洞，形成渗漏。如果这些原因不能一一找到并予以解决，势必留下隐患。千里之堤，溃于蚁穴，讲的就是这个道理。或许种一两亩地，出现一些疏忽，造成的损失看得见，没什么大不了。但是，搞大规模种植养殖以后，投入很大，一个小的疏忽就可能造成很大的损失。现代农民一定要严格训练自已的思维，养成缜密、严谨的习惯，凡事尽可能量化，尽可能克服农村人传统的大概、差不多、八九不离十等粗枝大叶的不良习惯，学着做一个精细的农民。

2020 年 4 月 24 日

亏就亏在他家的树上

刘君十年前承包了乡下的一个塘口。塘口的圩堤又宽又高，他便毫不犹豫地栽上了杨树苗。三年前，王君也承包了一个塘口，与刘君家塘口隔了一条河，他将原来的藕田改造成了蟹塘。

有养殖经验的人都知道，十年前，不少荷藕种植户无视国家农药管理规定，偷偷地购买并使用了禁止使用的高残留农药，严重影响了下茬养蟹户的蟹品质和产量。王君也了解这个情况，但他想碰一碰运气。结果，第一年没有赚到钱。这本来与一河之隔的刘君没有关系，可是有一天，王君在河边骂开了："种什么杨树，打棺材哩！树叶子坏了水，搞得我家鱼老生病，赚不到钱!"

刘君是个有度量的人，他只当没听到，更没有去争辩。左邻右舍听到后，都笑话王君讲歪理。

这里就涉及逻辑思维中的归纳法和演绎法。逻辑学告诉我们，归纳法是通过对多个事例的观察和分析，找出它们之间的共同特征或规律，从而得出一般性的结论。而演绎法将已知的事实与相应的某个规律相组合，按照逻辑规则进行推导，从而得出结论。

鱼蟹老生病，可能有多个原因，这就要用归纳法进行全面分析，厘清头绪。比如，放苗前是否及时对塘口进行消毒、进塘苗是否严格消毒、是否注意用水安全、是否重视饲料卫生、是否定时用药防病、是否解决农药残留等。

在使用演绎法分析推理时，一定要牢记，如果选择进行组合的相对应的某个规律是错误的，那么就会全盘皆错。比如，如果树叶子坏水这个前提是对的，那么必须有足够的量才会影响水质，但是两个塘中间有一条宽宽的大河，不可能有大量树叶落入河对面的鱼塘。所以，如果没有“大量”两个字，“树叶子坏水，让鱼生病”这条规律就不成立了，就变成了人们臆想的理由。把鱼蟹老生病怪罪到河对面的杨树身上就站不住脚了。

中国古老寓言中，有一个邻居偷斧的故事，因为怀疑邻居偷了自家斧头，便觉得邻居的一举一动都像是偷斧头，直到自家找到了斧头，再看邻居，怎么看也不像偷斧头的了。王君同那位怀疑偷斧的人犯了一个类似的思维毛病，归纳错误。

搞现代农业，离不开对成功和失败的总结，这样才能不断提高自身的能力，提高效益。而要进行科学总结，就要学会规范的归纳和演绎。

2020 年 4 月 26 日

学费花去了一万多斤蟹

主营螃蟹养殖以后，我们认真学习，虚心讨教，小心谨慎地走好每一步。结果还不错，尽管出现过高温缺氧死蟹等险情，但总体上还是盈利的。第二年的盈利还过了40万元。可是，就在第三年，出了一个大差错。

从春到夏再到秋，在选苗、植草、调水、防病、增氧、投食等诸多环节，基本还算顺利。只是有一天，增氧稍迟了一步，套养的鳜鱼因为缺氧死了1 000多斤。秋风吹起的时候，望着圩堤四周水边爬满的螃蟹，大家都说，上年盈40万元，看这阵势今年产量比上年还要高。工人们也很高兴，因为年初我们农场制订了新的奖励政策，即改变过去超产奖比例随意设定的做法，明确规定超产奖比例，拿出盈利的10%给工人做奖金。

天有不测风云，螃蟹刚开始销售时，市场就出了问题。按照往年行情，中小规格的蟹，平均价格在每斤22元左右，可是那年每斤只有13～15元。面对不好的行情，我们还比较乐观。因为按预估，我们可以出5万斤蟹，以现有行情的低价卖，虽少收入30万～40万元，但我们还是可以盈利的。

几经权衡推敲，我们做了一个大胆决定，售出一半蟹后暂停销售，也就是西边塘里200亩的蟹售完以后，东边塘里200亩的蟹暂不出售。

时间一天天过去了，价格战愈演愈烈，螃蟹行情一直低迷，我们心急如焚。一个月后，也就是腊月二十以后机会终于来了，蟹价一天一变，一路飙升。我们赶紧加网，全力抓捕。可是，万万没有想到，意外发生了：蟹不上网。任凭我们加了双倍的网，每天只能收百十斤，这个数只是两个月前日捕量的二十分之一。我们用耙子耙，能明显地耙到蟹，而且密度还很高，但是都埋进了泥里。我们用同行成功的经验，开足马力加水，想让水流动起来，刺激螃蟹爬动，可是，因为我们是粗养模式，200 亩塘口没有分格，一台抽水机抽水只能是杯水车薪，无法让水流动起来，对螃蟹几乎没有刺激。

按照投料计算和秋天螃蟹上岸的情形，大家都认为东塘的蟹不比西塘少，可是忙到最后，西塘取了两万多斤蟹，而东塘只取了七千余斤蟹。也就是说，有一万多斤蟹死在了泥里。螃蟹寿命只有 22～24 个月，在育苗的人家待了一年，春天到我们塘口，就只剩一年的存活期了。

这些年，我们这里催生了一批暂养专业户，他们在秋天货多时将低价蟹收回家，待元旦春节消费旺季货缺价涨时售出，多年来生意一直做得不错。我们被低价所逼，也想学习他们打时间差，但是仓促上阵，忽略了一个重大问题，人家搞暂养，是在网箱里或者集中在很小的小塘里，一亩地暂养几千斤蟹，因为气温低、时间短，这样的高密度不会有安全问题。一旦行情合适很快就可以出货，哪怕冰河冻水，也可以在几小时内将水抽干，然后直接用手将蟹抓出来。可是，我们的蟹分散在 200 亩的田里，天一冷它们就不再活动，哪来那么多劳力去抓？再说，光把 200 亩塘口的水排到人能下去摸蟹的深度，就要三五天。

回顾这次失败，反观我的思路历程，我发现思维上存在明显的漏洞。在决定暂停销售时，我们只是想到了要通过电话、网络密切关注行情，要同相关买家保持联系，要同运输车辆保持联系，等等，就是没有考虑到天寒地冻后螃蟹已不再像秋天那样躁动不安、不停爬动、主动上网；我们只是记得秋天时一天可以抓 2 000 多斤蟹的事实，却没有去领会暂养户把暂养的蟹集中在网箱或小塘的意义所在。对照常用的逻辑技巧中“无遗漏、无重复”的要求，我们的思维出现了一个明显的大漏洞。结果，气温一降，螃蟹散落在水深面广的蟹塘里不上网，我们就束手无策了。经过这一次暂停出售，我才弄懂得了这里面的道理，只是季节已经过去，我们付出了一万多斤螃蟹的高昂学费。

2020 年 4 月 20 日

为什么蘑菇只种了一个年头？

回想起来，十几年农场生活中，最为跌宕起伏的要数种蘑菇了。

2005 年，秸秆焚烧还相当普遍，我出于对生态的关心，很想在秸秆利用上做点事。几经搜索，我看中了秸秆长蘑菇的项目。经过认真阅读相关书籍，又几次到南通、高邮实地考察，到泗阳张宗广师傅家学习，最终下定了决心——种蘑菇。

通过租赁五个塑料大棚，解决了种菇场地问题；通过收集稻草、麦秸，购买附近鸡场的鸡粪，解决了主要原料的来源问题；通过废地旋耕粉碎，解决了覆土的土源问题；通过向师傅采购，解决了菌种问题；通过在周边乡邻中招聘，解决了拌料、上料、覆土、采菇等生产环节的劳力问题。

市场销售是个大问题。我曾多次半夜起床，赶到县城苏中批发市场和乐意楼批发市场考察，实地了解蘑菇销售情况。经过一周观察，我得出一个结论：县城的这两大批发市场不仅面向县城的蔬菜零售商，还面向本县下属乡镇的蔬菜批发商，每天接受外来蘑菇 1 000 斤以上。而我们五个棚的蘑菇总量不过 3 万斤，前后销售持续近 5 个月，平均下来每天只有 200 斤。本县市场完全有能力消化我们的蘑菇。

那年夏天，我们满怀信心地开始了蘑菇的生产。第一道工序正逢大暑天，我们要将五万斤的秸秆，堆成一米多宽、一米多高的长龙。在堆积的过程中，要均匀地撒上鸡粪、化肥，并浇透水。全部堆完已经过去了一周，此时堆好的草垛已经发酵，热气腾腾。我们开始第一次翻草堆，当时正值酷暑，草堆又位于南边是树林、北边是塑料大棚的夹巷中，没有一丝风。每天早上开工没一会儿，大家的衣服边就开始滴水了。当时的日工资只有25元，但是，大家都很乐观，说笑不断。

那一年秋老虎尤为凶猛，进料覆土之后，中午大棚内温度高达40℃，这显然超过了菌丝发育需要的温度。我们便抽取深水井的凉水，用水枪喷淋大棚的棚布，然而效果甚微。到了菌丝本该覆盖料面的时间，我们的料面仍然是黑乎乎的一片，看不到雪白的菌丝，我心急如焚，开车专程接来张宗广师傅现场指导。

十一月，望着满棚洁白如玉的蘑菇，我们一个个笑逐颜开。

然而，苦难也开始了。

蘑菇现蕾后，长到直径3厘米左右就需及时采收，否则“开了花”品质就会大幅下降。为了错峰上市，我们特意让5个棚地上料覆土时间错开，想着第一个棚出完第一茬第二个棚出，以此类推，井然有序。可是，现实却给了我当头一棒，这个计划只能是空想罢了。开始几天，每天只能采百十斤蘑菇，拉到县城，不到天亮就卖完了。然而，几天过后，形势突然剧变，所有菇床上，全部是白花花的一片。半夜采摘下来，已经超过了千斤。蘑菇多本是好事，可是拉到县城，怎么也销不完了。

卖不完的蘑菇不得不拉回家，结果是第二天新鲜蘑菇还没卖出去，陈菇已经发黄无人问津了。我们不得不临时采取措施，雇车把蘑菇拉到百里以外的淮阴批发市场。那个市场规模大，吞吐量也大很多。但是，深入进去才知道，销售与采购基本上有相对稳定的渠道，我们在上百里之外，一天的货量太少，分摊不了车费，两天去一趟又让买家觉得不稳定，所以他们也不愿意丢了原来的老关系跟我们打交道。经过一再压价，运过去的蘑菇才勉强脱手。

总不能眼看着好端端的蘑菇烂在手里吧？有朋友建议，还是托托老关系救救急吧。于是，我和老伴只好硬着头皮向朋友们开了口。他们有的是单位负责人，有的是厂长、老板。今天这家几百斤，明天那家几百斤。就这样，勉勉强强才没有出现烂菇的情况。但是，听说运到朋友单位的蘑菇，不少烂在了门卫的值班室里。时至今日，想起找朋友帮忙解决蘑菇的事我还脸红。

到第二年初夏最后一茬蘑菇卖出去时，菇场盈利了一万多元。但是，我却果断地放弃了继续种菇的想法。因为我不擅长营销，而且我没有兴趣去学习。

蘑菇只种了一年，有多方面的教训可以总结，其中重要的一条是犯了逻辑错误。

对照科学决策的要求，我们的决策程序没有问题。决策过程采用了联言推理过程，联言推理的前提是 n 个联言支，结论是由 n 个联言支所构成的联言判断。

作为前提的联言支：

1. 如果能在规定的成本内解决种菇的原料——稻草、鸡粪，可以考虑生产。

2. 如果劳动力成本控制在预期的范围以内，可以考虑生产；

3. 如果自己学懂弄通生产技术，可以考虑生产；

4. 如果我们 5 个棚生产总产量不超过 3 万斤，平均一天只有 200 斤，在日均消化过千斤的本地市场销售没有问题，可以考虑生产；

经过反复分析，作为前提的四个判断都是存在的、真实的，所以我坚信，我们农场可以进行蘑菇生产。而且，可以把闲时种菇，作为小农场劳动力满负荷工作以增加年收入的一个模式。

但是，实践下来才发现，第 4 个联言判断的联言支是一个错误判断，是不存在的。总产量不超过 3 万斤是对的，就整个生产过程而言，平均每天 200 斤也没有错，但是，它并不是均衡上市的，出菇少的冬天每天只有几十斤，出菇猛的时候连续多日每天超千斤，而这么大的量，仅靠业余销售是不能完成的。

逻辑学告诉我们，只要有一个联言支所判断的事物情况不存在，或者只要有一个联言支是假的，这个联言判断就是假的，相应地，联言推理的形式就不正确了。

2020 年 6 月 18 日

种芡实为什么败走麦城？

2011年，我决定承包乡下老家450亩老藕田，很多朋友建议用来养鱼或者养蟹。可是，我对绿色种植兴趣浓厚，也有一定基础，因为此时已是种植150亩的稻麦的第8个年头了，而对于养殖业我非常陌生，也没有深入研究的想法。于是，我决定改茬种芡实。围绕芡实生产，我认认真真地做了一年功课。反复阅读了能够找到的几本芡实种植书籍，主动结识了好几位县内种植芡实多年的农民朋友，还专程去了芡实大县安徽天长县学习取经。在种子、农药、采集、销售等环节逐一理清思路后，我发现最大的难题是上茬的荷藕。荷藕的生长能力特别旺盛，尽管上茬种植主在承包最后一年想尽力清理干净，但是，用藕农的话说，藕是一种神奇的植物，有九九八十一个头，只要土里残留一根藕筋，就会长出一大片荷叶，长成新藕。我清楚地意识到，荷叶长出水面后，叶片如冠，而芡实的叶片始终铺在水面上，如果不及时去除盖在它头上的荷叶，喜光的芡实就无法生长。

怎样才能去除荷叶呢？那段时间，我为此绞尽脑汁。有人说，芡实播种前，用大型拖拉机旋耕，将残存的藕根切碎，这主意立马遭到其他人反驳。有人说，用刀割；有人说，用人工拔；还有的说用除草剂。对于这些建议，我一一进行了认真琢磨。如旋耕，想来想去不可取，切断后还会生长，就立马否定了。如用除草剂，目前还没有只杀荷叶不杀芡实的除草剂，也没有被采纳。再如用刀割也被否定了，因为芡实在五月初刚出土时细如纱线，混杂在荷叶之中，镰刀无法避让。最后剩下的办法就是组织人工拔。

5月10日，我尽力组织到了周边几个村在家的30多位老头老太，大家很卖力地拔了一天，到傍晚收工时一量，只有十亩地的面积。我心急如焚地打电话向师傅汇报，这样拔下去，要一个半月才能拔完第一遍，而不等第一遍拔完，已经拔过的地方又要冒出新的残荷了。怎么办呢？师傅只是无奈地叫我再增加人。我一下子瘫在沙发上傻了眼。一是我无法将十里路以外的老头老太组织到我的塘口来干活，因为这里离村庄有五六里，只有狭窄的圩堤，没有通车的大路；二是即使有100人也要半个月才能拔完第一遍，人工支出也大大超过了预期。

我连夜邀请种藕经验丰富的师傅前来会诊：如果现有的藕不改茬，留着长，行不行？几位藕师傅本来就知道藕田的历史，大致看了一下田里的出荷情况，意见一致地告诉我，藕田一般7～8年要换茬，否则藕的品质和产量会下降，但不是绝对不能长。这个田虽然种了7年，但是这里过去是老柴滩，土肥，出的苗挺拔，加上现在藕的市场行情好，多施点肥，还是可以赚钱的。

于是，我们集中力量解决了200多亩藕田的荷叶问题，继续用来种芡实，其余200亩藕田，则完全放弃了。这次损失了种子、人工成本近10万元。

这件事让我感到很惭愧，然而更惭愧的是5年后。隔壁的藕田承包期到了，接包的是安徽人，他们也准备种芡实。5月我因事没有到农场去，但我一直非常关注隔壁是如何去除荷叶的。当我在电话中得知他们用的是除草剂农达草甘膦，采用的方法是用注射器给荷叶打针，我再一次傻眼了。

四十年前，当我还是师政治部干事的时候，当时的履历表学历一栏只是高中，而且成人学历教育尚未开始，我就自学了金岳霖主编的《形式逻辑》。我知道，形式逻辑是认识客观世界的辅助工具，是关于思维形式及其规律的科学。学习形式逻辑有重大意义。由于学得认真扎实，后来参加江苏省高等教育自学考试，其中就有这一门，我的成绩在全师名列前茅。

没有想到，更加成熟的四十年后，在一个普通的农业问题上，我却犯了一个低级的逻辑错误。

形式逻辑，首先研究的就是概念，概念内涵的多少与外延的多少成反比。划分是明确概念外延的逻辑方法，即把一个概念的外延分为几个小类。在外延划分的规则中有条重要规则就是：各子项之和必须涵盖母项。如果子项之和不能涵盖母项，就会有一些属于母项的事物被遗漏。这种违反规则的错误，被称为子项不穷尽错误。

在我思考如何消灭残荷时，曾有人建议用除草剂除藕，我想都没想就直接否定了，也没有听人家解释。这正是犯了子项不穷尽错误。虽然种田的时间不算长，但是我认真参加了中央农业广播电视学校农学专业的函授学习，各门考试及格，拿到了中专毕业证书。在我现有的知识中，除草剂有三种使用方法：一是选择性除草，只杀双子叶杂草，不杀单子叶农作物；二是普遍杀灭，使用时在喷雾器上安上罩子，只在需要杀灭的杂草上喷洒，不让药剂接触需要保护的植物；三是打时间差，即所谓封闭药，就是利用水田杂草萌芽快的特点，在水稻栽插前留出几天时间灭杀杂草。在我的印象中，不会再有第四种方法，也就是把除草剂装入注射器，给荷叶注射。这种方法听起来很费工，但仔细一想，我不禁拍案叫绝。中国农民实在太聪明了。我们都知道，一支小藕会冒出许多支荷叶，靠近的几支或十几支是同根生的，只要给其中的一支注射了药剂，药剂就会传导下去，其余的荷叶也就会被药剂影响到。

当我亲眼看到隔壁塘口安徽人种植的芡实时，已经是六月份了。上年满田的荷叶齐刷刷地换成了芡叶，几百亩的面积，几乎看不到一片残荷。突然想起因为一念之差产生的“子项不穷尽”所造成的损失，我再次露出了一脸愧色。

2020 年 4 月 20 日

秸秆禁烧亲历记

又一个夏收结束了。这中间，我从乡下老家到县城跑了好几趟，没有见到一处冒烟焚烧秸秆的地方。这条线路 70 多里，横穿了宝应县中部。想起十年前，我在夏收中下乡，第一次没有见到焚烧秸秆，很是兴奋，当天就写了一篇小文《今夏无烟》，发表在了《宝应日报》上，表达了一名农业生态爱心人士的欣慰。

在我们这代人的记忆中，稻草、麦秸是乡下人家主要的生活燃料。大家对秸秆很有感情。从部队刚回来的时候，看到人们在地里焚烧秸秆，真是难以接受。令人欣喜的是，经过十多年的努力，秸秆禁烧终于取得了成功。我既为生态环境优化而感到欣慰，又为在禁烧秸秆的过程中，采用了正确的思维逻辑，摸索到了正确方法而高兴。

记得刚开始种田的那年夏天，为了让当干部的带头禁烧，我们采用人工将麦秸归成垄，然后堆在一块大塑料布上，将秸秆拖出田间。田间是没有点火，可是圩上、渠里秸秆堆积如山，过个十天半个月，等风头一过，还是烧了。

听说有个公司要来投资回收秸秆，但是经过论证后改变主意了。因为稻麦收割到下茬种植的时间很短暂，尤其小麦收割到水稻栽插，只有几天时间，季节不等人啊。而且秸秆回收的面积广、数量大，投入的机械少了就如同杯水车薪，起不到作用；投入多了，又会造成大量闲置。

印象最深的是一天在电视上看到宝应县一个地方用“镇压法”解决了秸秆禁烧与下茬水稻栽插的矛盾，我感到十分兴奋，第二天专程前去观看。结果却令我大失所望。我们参观的承包户，被村里选为“镇压法”试点，村里动员他不要烧一根秸秆，由村里在上级技术部门指导下，出机械帮他家解决秸秆问题。流程是：收割后用大马力机械旋耕，上水后用旋耕机再次旋耙，旋耙时旋耕机后再拖一副传统的木耙。几管齐下，把秸秆压到泥里去。听起来很圆满，可是，让我们看到的现实相当骨感。因为，当年的收割机，大多不安装切碎装置，收割机留下的是完整的秸秆，按“一斤粮食一斤草”计算，一亩地有400公斤左右秸秆，小麦收割后，田间地里就会铺了一层厚厚的秸秆，秸秆长度大多50厘米。上一耙将秸秆的这头压了下去，下一耙又将秸秆的那头拽出了泥土。这样一来，旋耕机就无法将它们全部压到泥土下面去。

我去参观的时候，承包户老赵的老伴正按照要求坐在拖拉机后面的木耙上，显然是给木耙增重加压。拖拉机仅仅跑了几圈，耙前就堆满了高高的一层被泥浆包裹的麦秸，拖拉机不得不停下来清理，然后再将清理下来的麦秸运上田埂。坐在耙上起镇压作用的老赵老伴，被拖拉机后甩出的泥水打得浑身是泥，成了泥人。

直到有一年，我看到了张贴在墙上，由农机部门联合好几个政府部门下发的一个通告，对跨区作业的外来收割机逐一审查，没有切碎装置的小马力收割机一律不允许下田作业。看到这个通告，我几乎跳了起来。这一招可算是抓到了关键，捏住了要害。果然，稻麦秸秆都被切成了10厘米以下，经过旋耕，大部分秸秆都能入土，不再妨碍秧苗栽插，农民自然也就不再去焚烧秸秆了。

回想这十几年，我们能够复盘出农业生产中的一个重要逻辑。

记得刚开始禁烧秸秆那几年，相关部门侧重向农民宣传综合利用秸秆的若干好处：避免了焚烧对土壤结构的破坏，避免了火灾隐患，收集的秸秆出售增加收入，等等。可是响应者寥寥。设计者自认为，对农民有好处的事农民是会支持的，秸秆禁烧对农民有好处，农民自然会支持。然而，设计者疏忽了一个问题，“对农民有好处”这个前提不全面。因为，设计者分明想用形式逻辑中的完全归纳法，归纳得出清除秸秆好的结论，然而在归纳中却出现了重大遗漏，就是“把秸秆运出田间”的劳力投入。在夏收、秋收，尤其是夏收，既要收又要种，是农民一年中最繁忙的时候，而且种田人越来越老，要他们把洒满田间的秸秆归集起来再运到田头，每亩地得花两个工时。更让农民一筹莫展的是，广播上天天讲让秸秆变废为宝，但现实中看不到接宝的人。所以，自己弄吃不消，找别人弄要多花钱，甚至有钱喊不到人，运到田头的秸秆还不知道怎么办。面对这一连串的问题，绝大多数农民很难感受到广播里所说的“对农民有好处”，于是就出现了“白天广播喊，夜晚火连天，高速不见路，飞机不敢降”的恼人场景。

收割机全部安装切碎装置，让秸秆全量还田而又不影响下茬种植获得成功，完全符合了三段论形式。

大前提：若秸秆禁烧能适应目前农村劳力现状，且省工省时，就能得到农户支持并推广落实；

小前提：所有收割机械全部安装先进的切碎装置，实现秸秆机械粉碎全量还田，既适应劳力现状省工省时，又有管理部门规定和技术部门服务，即满足上述条件。

结论：所以秸秆禁烧大面积取得了成功。

这是一个完美的推理三段论，缜密而没有漏洞，于是，秸秆禁烧大面积取得了成功。

2020 年 6 月 21 日

村官的憋屈

从合作社到人民公社，父亲在大队当了几十年的总账会计。我母亲菜做得好，家里收拾得干净，大队干部安排在我家开会，开完会“打拼伙”（烧饭吃）是常有的事，我也就有了更多机会近距离接触他们。

1970 年 7 月高中毕业以后，我没有学上了，便回到村里劳动，没过几天，被调到公社当土记者，直到两年后应征入伍。其间大部分时间都在村里跑，我跟村干部的接触更为密切。

退休以后，种田十几年，自然少不了跟村干部相处。

说句公道话，现在的村官，与二十年前的村官比，其辛苦程度大大降低。那时候的村官，一是要扛大锹，出工参与集体水利建设；二是要收粮上交，挨家挨户催收公粮；三是要抓计划生育工作。这三项，哪一项都不容易，几乎没有不碰到硬茬的。为了阻止超生，搬家具、扒粮食、拆房子，逼出躲藏在外的孕妇，都是常见的事。

现在的农村，年轻人一年只回来一两次，平日里就是一个老年社会，工作上也不再有水利、计划生育这样的硬仗。

当然，村干部也有憋屈的时候。其中，上访扣分就是一项。

为了加强社会管理的有效性，县、镇对村普遍实行了目标管理，各项工作被赋予一定的分值，按月度、年度进行考核，分值与评选先进、报酬奖金挂钩。对此，村官是没有异议的。

感到憋屈的是上访扣分。如果有人到县里上访就要扣两分，集体上访要加倍，到省市上访扣分更重。几乎不让解释。

这就带来一个副作用，村官怕上访，谈访色变。在几百上千人的一个村，总有一些人的诉求得不到满足。而聪明的刺头，也看出了村官的软肋。明明是无理取闹，也要以上访相威胁，迫使村官让步。于是，为了息事宁人，不少村官不得不想方设法安抚那些扬言上访的人，甚至，年根里有的村官还到老上访户家拜年。

这种现象暴露了农村管理的一个逻辑漏洞。

形式逻辑告诉我们，三段论的第一条规则通常是：一个正确的三段论必须有且只有三个不同的概念。在实际情况中了解到，设计者在设计规则时，往往有这样的考虑：人民群众是国家主人，应该善待，不能怠慢；上访者是群众，对上访者也应该善待。从表面看，这里有三个概念，“群众”“上访者”“善待”，但实质上，这里的“群众”表达了两个不同的概念，大前提中的“群众”表达整体群众的概念，而小前提中的“群众”，确切地说是指上访者这一特定群体，二者所指并非完全相同。对照三段论规则，显然犯了概念错误的错误。现实中，农民群众中的大部分是讲道理的，但不可能做到百分之百如此。也就是说，“群众”并不能被绝对地全部覆盖。即使在民风淳朴的地方，也很难避免有不讲理的人。因此，对待上访，应该区别对待，对那些确有实际问题而上访的，要予以排忧解难，而对那些缠访、闹访者，不能一味给好脸色，该批评的要批评，同时也不能不分青红皂白地扣罚村里出现上访情况的基层干部，这才符合逻辑，有利于加强农村治理。

2020 年 6 月 24 日